소드마스터 힐러님

침략자 퓨전 판타지 장편소설

WISHBOOKS FUSION FANTASY STORY

소드마스터 힐러님 4

침략자 퓨전 판타지 장편소설

초판 1쇄 찍은 날 | 2019년 4월 9일
초판 1쇄 펴낸 날 | 2019년 4월 16일

지은이 | 침략자
펴낸이 | 예경원

기획 | 위시북스
편집책임 | 이규재
편집 | 위시북스

펴낸곳 | 예원북스
등록번호 | 제396-2012-000132호
등록일자 | 2012. 7. 25
KFN | 제1-394호

주소 | 경기도 고양시 일산동구 호수로 646-24 위너스21II빌딩 206A호 (우)10401
전화 | 031-819-9431 팩스 | 031-817-9432
E-mail | yewonbooks@naver.com

ISBN 979-11-6424-242-9 04810
     979-11-6424-130-9(set)

소드마스터 힐러님

침략자 퓨전 판타지 장편소설

WISHBOOKS FUSION FANTASY STORY

Wish Books

④

CONTENTS

1장
용의 둥지(2)

　-크롸롸롸롸!

　로엘의 깊은 곳에 잠재되어 있던 마룡의 영혼이 일시적이지만 깨어나 주인에게 적의를 품은 모든 존재를 위협했다.

　드래곤 피어. 광포한 로엘의 울부짖음은 마룡의 것이었다. 성숙하진 않지만 드래곤의 피가 흐르고 있는 해츨링의 강한 마력에 로엘이 반응하여 일시적이지만 마룡의 영혼이 깨어난 것이었다.

　-새로운 아이템의 존재를 확인.

　동시에 로엘의 등급이 오른 것인지 계측기가 반응했다.

　'지금이다!'

용아병들은 무너졌고 해츨링조차 두려움을 느껴 움직임이 멈췄다. 마법 캐스팅이 중단된 건 설명할 필요도 없었다.

로엘에 봉인된 것은 최상위 마룡, 루벤스의 영혼이었다. 온전한 드래곤 피어는 아니었지만 이름 없는 용의 새끼가 감당할 수 있는 수준이 아니었다.

"환영검!"

성준은 기회를 놓치지 않았다. 조금 전에 질풍검을 사용해서 마력이 거의 없었지만 남은 것을 끌어모아 '환영검'을 펼쳤다.

환영의 칼날들이 쇄도했다.

해츨링은 경직되어 있었던 탓에 바로 대응하지 못했다.

"키에에에엑!"

해츨링의 날카로운 비명이 울려 퍼졌다. 어린 용의 피가 허공을 붉게 물들였다. 해츨링은 처음 느껴보는 극심한 통증에 허공에 팔을 휘저으며 뒤로 물러났다.

하지만 성준은 해츨링이 거리를 벌리도록 놔두지 않았다.

"질풍검."

강력한 기술이 다시 펼쳐졌다. 틈틈이 '흡수'로 체력과 마력을 충전하지 않았다면 지금 이렇게 기술을 연속으로 사용하는 게 불가능했을 것이다.

"캬하아아악!"

해츨링은 뒤늦게 방어 마법을 전개하려고 했지만 늦었다. 질풍처럼 돌진하며 내찌른 칼끝이 해츨링의 복부를 파고들었다.

해츨링의 비늘은 강철보다 단단하고 피부도 매우 질겼지만 오러 앞에서는 소용없었다.

복부에 꽂힌 검을 뽑아내자 피가 분수처럼 솟구쳤다. 그와 동시에 접근해 오는 다수의 기척이 느껴졌다.

"강성준 씨!"

"저희도 돕겠습니다."

"오지 마!"

급한 마음에 반말이 튀어나왔다. 상처를 입혔다고는 하지만 아직 해츨링은 건재했다. S급 헌터라면 모를까 다른 A급 헌터들은 선불리 접근하면 쉽게 반격당할 것이다.

"크하아악!"

"으아악!"

아니나 다를까, 달려온 헌터가 해츨링이 날렵하게 휘두른 가시 돋친 꼬리에 얻어맞고 날아갔다. 뒤편의 나무와 충돌하면서 뼈가 으스러졌는지 고통에 찬 비명이 터져 나왔다.

"힐!"

수영이 힐을 시전했다. 목숨은 건졌을 것이다.

"성준 씨!"

은주가 합류했다. 성준은 그녀를 제지하지 않고 말없이 고개를 끄덕였다.

S급 헌터 정도의 실력자라면 해슬링의 육체 능력에 대응할 수 있다.

그녀는 해슬링과의 거리를 좁히며 백색의 오러가 깃든 대검을 힘차게 휘둘렀지만 해슬링이 급하게 완성한 방어 마법에 막히고 말았다.

그녀의 오러는 다른 오러 사용자에 비해 훨씬 강력했지만 해슬링의 방어 마법을 일격에 박살 낼 정도는 아니었다.

"해슬링의 주의를 끌어주시면 제가 일격을 가할 수 있을 것 같습니다."

환영검을 두 번 정도 사용할 마력이 남아 있었다.

"방금 그 기술, 연속으로 사용하기 힘들죠?"

환영검은 마력 소모가 많은 기술이었지만 그만큼 확실한 살상력을 지니고 있었다. 은주는 S급 헌터답게 그것을 알아볼 수 있었다.

"힘듭니다. 간격을 두고 두 번 정도는 쓸 수 있습니다."

"제가 주의를 끌어볼게요."

뒤에서 대화를 듣고 있던 하연이 은주와 성준에게 버프를 집중시켰다. 현명한 선택이었다.

"갈게요."

은주는 성준에게 신호를 보낸 뒤 해슬링을 향해 고속 이동술을 펼치며 검을 휘둘렀다.

랭킹이 낮긴 하지만 그녀도 S급 헌터였다. 보스에다가 대형 마물 보정을 받고 있다지만 동급 마물에게 쉽게 밀릴 리가 없었다.

"키에에에엑!"

폭풍 같은 공세에 해츨링은 방어를 유지하면서도 얕은 상처가 늘어만 갔다.

성준의 환영검에 의해 생긴 상처는 회피를 위한 격한 움직임 탓에 점점 더 벌어졌고, 로엘의 출혈 저주까지 더해져서 끊임없이 피가 흘러내리고 있었다.

'기회다!'

성준의 날카로운 직감이 빈틈을 찾아냈다. 고속 이동술을 펼쳐 해츨링의 배후로 이동했다.

은주에게 주의가 집중되어 있기도 했고 워낙 순식간에 벌어진 일이라 해츨링은 알아차리지 못했다.

"환영검!"

환영의 칼날들이 해츨링의 배후를 뒤덮었다.

그제야 위험을 느낀 해츨링이 방어 마법을 펼쳤지만 완전하지 않았다.

환영의 칼날을 2번이나 시전했지만 덕분에 방어 마법은 뚫렸고, 헤츨링에 등에 자상을 네 개나 새겨 넣었다.

"캬하아아아악!"

성준의 일격으로 해츨링은 치명상을 입었지만 대형 마물답게 쉽게 쓰러지지 않았다. 오히려 곧바로 반격에 나섰다.

해슬링은 브레스를 내뿜어서 성준과 은주를 물러나게 만든 뒤 공격 마법을 캐스팅했다. 마법진 하나에서 느껴지는 마력의 양은 많지 않았지만 멀티 캐스팅이었다.

수십 개나 생성된 마법진에서 바람의 칼날이 쏟아졌다.

'너무 많아······.'

성준의 눈동자가 빠르게 움직였다. 성준이 윈드 커터의 경로를 읽고 안전한 곳으로 몸을 날렸다. 은주도 간신히 피하는 것에 성공했지만 문제는 뒤에 있는 다른 파티원들이었다.

"크아아악!"

"으아악!"

날카로운 비명이 연이어 터져 나왔다.

수가 제법 많아 수영 혼자 감당하기엔 무리일 것 같았다. 성준은 잠시 뒤로 돌아 부상자를 향해 왼손을 뻗었다.

"힐!"

마력의 소모와 함께 상처 입은 파티원들이 빠른 속도로 회복되었다.

"대단해! 벌써 회복되고 있어!"

파티원 한 명이 경악하는 목소리가 여기까지 전달되었다. 성준의 힐량은 몇 번을 봐도 놀라움의 연속이었다.

다친 파티원이 뒤로 물러나는 것을 확인한 성준은 다시 해슬링을 향해 고개를 돌렸다.

"키이이이……."

상처가 깊고 출혈이 심한 상태에서 멀티 캐스팅을 전개한 탓인지 해츨링은 지쳐 보였다.

성준은 이미 주도권을 잡았다고 생각했지만 조급하게 나서지 않았다. 은주도 마찬가지였다.

"지원하겠습니다."

기훈이 해츨링을 향해 공격 마법을 퍼부었다. 방어 마법에 막혔지만 해츨링의 시선이 분산되었다.

성준과 은주는 다시 해츨링과 거리를 좁혔다. 하연의 버프가 집중된 덕분에 그들은 상처 입은 해츨링을 압도할 수 있었다.

"잡았다!"

캬하아아악!

은주가 외쳤다. 그녀의 대검이 해츨링의 마법진을 일격에 박살 내고 꼬리를 잘라냈다.

성준은 고통에 몸부림치는 해츨링의 품으로 파고들어 검으로 목 주변을 마구 찔렀다. 붉은 피가 얼굴에 튀어 시야를 가렸지만 찌르기를 멈추지 않았다.

쿵!

해츨링은 한참을 발버둥 치더니 힘없이 쓰러졌다.

"흡수."

성준은 조심스럽게 흡수를 사용했다. 희미한 마력의 흐름

"입찰 원하는 분 계신가요?"

하연이 모두에게 물었다. 성준을 포함해서 3명이 손을 들어 올렸다.

하연은 고개를 끄덕인 뒤 입을 열었다.

"S급이고 옵션이 좋으니까, 150억부터 시작할게요."

경매가 시작되었고 성준은 경쟁 끝에 200억에 '용의 가호'를 낙찰받았다.

"동굴 안에 한 번 들어가 보는 건 어떻겠습니까? 해츨링이라고는 하지만 드래곤이니까 뭔가 모아뒀을 것 같습니다."

가끔 추가 보상이 있는 경우도 있었다.

성준의 제안에 하연은 고개를 끄덕였다.

"어차피 여기서 나갈 게이트도 찾아야 하니까요. 동굴 안을 수색해 보죠."

파티는 동굴 안으로 진입했다.

안에는 아무것도 없었다. 그들은 추가 보상을 포기하고 게이트를 찾기 위해 마력 반응을 찾았다.

마력 반응에 가까워졌을 때였다.

우우웅.

전투가 끝나서 반지 형태가 되어 있던 로엘이 공명했다. 성준은 허공에 손을 뻗었다. 오른쪽 방향으로 손을 가져가자 로엘의 울림이 커졌다.

'뭔가 있다.'

성준은 로엘이 공명하는 방향으로 걷다가 최고조로 공명하는 곳에서 걸음을 멈췄다. 그곳에는 낡은 상자가 있었다.

"이기훈 씨!"

성준은 기훈을 불러서 열려고 시도했지만 마법으로도 열리지 않았다.

혹시나 싶은 마음에 로엘을 가까이 대자 찰칵하는 소리와 함께 상자가 열렸다. 안에는 묵직한 금괴들이 있었다.

"와아, 정말 많네요."

파티원들이 모여들었다. 그들의 이목이 집중되었을 때 성준이 입을 열었다.

"정산 문제는……."

"이건 강성준 씨가 아니었으면 도저히 열 수 없는 거였어요. 그래서 몰아주기를 하려고 하는데 괜찮죠?"

하연이 선수를 쳤다.

몰아주기는 가끔 있는 관행이었다. 그녀의 말에 파티원들은 선뜻 미소를 지으며 하나둘 입을 열었다.

"찬성입니다. 강성준 씨 덕분에 사망자가 한 명도 없었잖아요."

"대신 회식은 강성준 씨가 쏘는 걸로 하죠. 소고기가 좋겠습니다."

"반대 없습니다. 이대로 진행하죠."

디케와 로열크로스의 팀원들이 모두 성준에게 호감을 가지게 된 덕분에 큰 반대 없이 금괴를 모두 가지게 되었다.

"게이트 찾았습니다!"

얼마 후 기훈이 게이트를 찾아냈다.

파티는 게이트를 이용해 던전을 떠난 뒤 마정석 정산을 위해 던전 관리국으로 향했다.

관리국에서는 던전에서 얻은 모든 물품을 취급하고 있었다. 이전에 얻었던 금괴들까지 매각하면서 정산된 금액은 80억 원이었다.

"성준 씨!"

계좌를 확인하고 있던 성준에게 은주가 다가왔다. 그녀는 환한 미소와 함께 입을 열었다.

"만장일치로 성준 씨를 S급 헌터로 책정해서 정산하기로 했어요!"

던전에서 성준의 활약은 엄청났다. 그의 힐과 전투 능력이 아니었다면 사망자도 많이 나왔을 것이다. 파티원 모두 실전 경험이 풍부한 만큼 그 사실을 인정했고, 좋은 관계를 쌓기 위해 그를 S급 헌터로 쳐서 분배하자는 말이 나온 것이다.

반대는 없었다.

"한우 먹으러 가죠. 제가 쏩니다."

성준은 기분 좋게 말했다.

2장
S급 헌터 힐러님

　회식이 끝나고 성준은 하연과 연락처를 교환한 뒤 은주와도 짧은 대화를 주고받고 헤어졌다.

　동조율 34%가 되면서 전투 능력이 크게 상승한 것 같은 기분이었고 실제로도 그랬다. 성준은 등급 재심사를 보고 싶었지만 밤이 너무 늦었기 때문에 내일을 기약했다.

　그리고 다음 날.

　-헌터 관리국에 가시는 겁니까?

　리슈발트의 물음에 성준은 고개를 끄덕이며 입을 열었다.

　"S급 헌터가 되면 혜택도 많으니까. 등급 재심사를 받아서 등록해 두는 게 좋을 거라고 생각해."

　그는 등급 재심사에서 S급 판정을 받을 거라고 확신하고 있었다.

-수행하겠습니다.

"언제나 그렇듯 말이야."

뒤따르는 리슈발트를 보며 성준은 미소를 지었다.

그는 현성에게 미리 연락한 뒤 헌터 관리국으로 차를 몰았다. 등급 재심사에도 절차가 있지만 현성에게 전화를 하는 것으로 모두 생략되었다.

"강성준 씨!"

헌터 관리국에 도착하니 1층에서 기다리고 있던 현성이 달려 나왔다.

관리국에서는 현성의 기존 업무보다 성준과의 친분에 더욱 중한 의미를 두고 있었기 때문에 성준의 전화를 받는 순간부터 업무에서 해방될 수 있었다.

"잘 지내셨습니까?"

성준은 반가운 목소리로 인사를 건넸다.

현성은 미소와 함께 고개를 끄덕였다.

"네, 별일 없었습니다. 그리고 보니 얼마 전에 디케, 그리고 로열크로스와 같이 S급 던전 공략에 성공했다고 들었습니다. 진심으로 축하드립니다. 사망자가 발생하지 않았다고 들었는데…… 정말 대단하십니다."

"운이 좋았습니다."

"제가 기록도 보지 않았을 거라고 생각하십니까? 모두 강성준 씨의 실력입니다."

계단을 오르면서 두 사람의 대화가 잠시 중단되었다. 사무실로 향하는 복도를 걸어가면서 현성이 입을 열었다.

"심사관이 기다리고 있습니다. 귀찮은 절차는 생략할 수 있도록 조치해 두었습니다."

사무실로 들어가자 일반 조사원들과는 다른 복장의 남자가 검은 서류 가방을 들고 누군가를 기다리고 있었다.

헌터의 등급 심사를 맡은 심사관이었다.

"강성준 씨?"

"네, 접니다."

"확인을 위해 헌터 자격증을 보여주시겠습니까?"

"여기 있습니다."

생략할 수 없는 최소한의 절차가 끝나자 심사관은 계측기를 꺼내 들었다. 헌터들이 휴대하는 것과는 달랐다.

"심사하겠습니다."

계측기가 성준의 마력을 측정했다.

삐빅!

계측이 끝나고 심사관의 표정이 급격하게 변했다. 눈동자는 지진이라도 난 것처럼 떨리고 있었다.

"추, 축하드립니다! 강성준 씨는 현 시간부로 S급 헌터로 인정되었습니다. 랭킹은 14위입니다……!"

침식 던전에서 양동진이 죽고 성준에게 시비를 걸었던 규태가 그에게 '정당방위' 당하면서 13명으로 줄었던 대한민국의 S급 헌터가 14명이 되었다.

성준은 막 등록되었기 때문에 레이팅 수치로 계산되는 랭킹에서 마지막을 장식했지만 그럼에도 불구하고 S급 헌터라는 사실은 변하지 않는다.

이제 그를 함부로 대할 수 있는 이는 대한민국에 없다.

"S급 헌터가 되었는데, 당연히 특혜도 있겠죠?"

성준이 물었다.

어떤 특혜가 있는지는 헌터닷컴에서 지겹도록 봐서 잘 알고 있었지만 직접 듣고 싶었다.

"등록 절차가 끝나는 대로 대통령님으로부터 마정검을 수여받게 됩니다. 면세 혜택과 함께 가족들에게는 경찰청 무장관리국의 1급 경호가 제공되며 원하신다면 고위 간부직을 받아들일 수도 있습니다. 마지막으로 군부대의 항공기와 차량을 이용할 수 있습니다."

심사관이 혜택을 설명했다. 마정검은 순수한 마정석으로 만들어진 검으로 아이템은 아니지만 대통령이 직접 수여하는 만큼 상징성이 있었다.

물론 가장 마음에 드는 것은 면세 혜택이었다.

"정식 등록되려면 며칠이나 걸립니까?"

"최대한 빨리 처리하겠습니다. 강성준 씨가 따로 처리해야 할 일은 없을 겁니다. 제가 장담하겠습니다."

성준의 물음에 현성이 대답했다. 그의 목소리가 희미하게 떨리고 있었다. 예상은 했지만 성준이 막상 S급 헌터가 되는 역사적인 순간을 목격하게 되자 여러 감정이 섞여들었다.

가장 먼저 든 생각은 '승진'에 대한 것이었다. 오래전부터 그와의 연결 고리를 유지했으니, 기존의 S급 헌터보다는 등용 가능성이 높을 것이다.

성공적으로 등용한다면 승진은 예약된 것이나 다름없었다.

"맡기겠습니다."

성준은 그 말을 남기고 사무실을 떠났다.

현성은 옥상으로 올라가 어딘가로 전화를 걸었다.

전화 통화가 끝나고 5분 정도 흘렀을까?

병서가 옥상으로 올라왔다. 그는 주변을 살피더니 이내 현성을 발견하고는 빠른 걸음으로 거리를 좁혔다.

"김 팀장, 방금 전화로 말한 거 사실이야?"

"예, 저도 계측기를 확인했습니다."

"역시 내가 옳았어, 강성준 씨라면 분명 S급 헌터가 될 거라고 했잖아!"

병서는 신이 났다. 그 또한 성준의 영입 계획에 관여했기 때문에 성공한다면 승진이 보장되어 있었다.

"승급은 예상했지만 이 정도로 성장 속도가 빠를 줄은 몰랐습니다. 저희는 지금 대한민국 최초의 SS급 헌터의 일대기를 지켜보고 있는 걸 수도 있습니다."

현성은 성준은 높게 평가했다. 모든 헌터가 성장을 하고 승급을 하지만 성준의 성장 속도는 경이로울 정도였다.

어쩌면 대한민국 최초의 SS급 헌터가 탄생할지도 모른다고 생각될 정도였다.

"그렇다면 대한민국은 SS급 헌터를 보유한 7번째 국가가 되는 건가?"

현재 SS급 헌터를 보유한 국가는 6개국밖에 없었고 SSS급 헌터는 헌터에 대한 지원을 아끼지 않는 미국이 유일하게 1명 보유하고 있었다.

"충분히 가능성 있는 일입니다."

"청룡 그룹에서는 이 사실을 알고 있나……?"

병서의 물음에 현성은 고개를 저으며 입을 열었다.

"지금은 모르겠지만 조만간에 알게 될 겁니다. 마정검 수여식이 있으니까요."

마정검 수여식은 생중계되기 때문에 성준이 S급 헌터가 되었다는 사실을 모두가 알게 된다.

"청룡 그룹에서 알기 전에 최대한 접촉해 봐. 우리 쪽에 붙으면 좋겠지만 못해도 국가 기관에 붙게 해야 해. 최악의 경우 박경석 헌터 같은 경우가 발생하지 않도록 하고."

"박경석 씨라면 미국으로 망명한 헌터 말이군요."

"그래. 국제 조약 때문에 군에 소속되지 않는다고는 하지만 헌터는 곧 국력이야. 절대로 타국에 유출되면 안 돼."

"강성준 씨가 대한민국에 유감이 있는 것도 아니고 아마 그럴 일은 없을 거라고 생각합니다."

현성은 확신했다.

S급 헌터 판정을 받았기 때문에 성준은 기분이 좋았다. 그는 콧노래를 흥얼거리며 아버지인 수혁이 입원한 병원을 향해 차를 몰았다.

조금이라도 빨리 수혁에게 기쁜 소식을 전하고 싶었다.

-주군, 조금 늦었지만 승급을 축하드립니다.

리슈발트도 축하의 말을 건넸다.

성준은 미소를 지은 채 입을 열었다.

"고마워."

도로에 차가 많이 없어서 병원에 금방 도착했다. 성준은 수혁이 입원해 있는 병동으로 찾아갔다.

세라핌 길드에서 편의를 봐준 덕분에 수혁은 집중 치료를 받고 있었다. 그래서 얼마 전에 방문했을 때도 몸 상태가 많이 좋아졌다고 말했었다.

성준은 문을 조심스럽게 노크한 뒤 안으로 들어갔다.

수혁은 침대에 소파에 앉아서 책을 읽고 있었다. 그는 천천히 걸어 들어오는 성준을 발견하고는 환한 미소를 지었다.

"아들 왔어?"

아버지에게 있어서 아들은 언제 봐도 반가웠다.

"요즘 자주 오는구나."

"자주 오지 말까요?"

수혁의 물음에 성준은 장난스럽게 대답했다. 그러자 수혁은 입가에 희미한 미소를 머금은 채 고개를 저었다.

"아니…… 매일 와도 돼."

성준은 수혁의 앞에 앉았다. 그리고 자신이 S급 헌터가 되었다는 사실을 차분한 표정으로 설명했다.

"A급으로 승급한 것도 얼마 전이었던 걸로 기억하는데…… 확실한 거냐?"

수혁은 믿을 수 없다는 표정이었다.

그는 헌터가 아니었지만 관련 상식은 알고 있었다. 그래서 S급 헌터가 되는 게 얼마나 어려운 것인지도 알고 있었다.

"제가 왜 아버지한테 거짓말을 하겠어요? 조만간에 마정검을 받을 것 같아요."

"마, 마정검……."

성준의 차분한 설명에 수혁은 뒤늦게 현실을 인지했다.

"아들, 축하한다!"

그리고 진심으로 축하해 주었다. 그는 과거 성준이 얼마나 힘들어했는지 알고 있었다. 그래서 정말 기쁜 마음으로 축하해 줄 수 있었다.

"아가씨, 회장님께서 찾으십니다."

"급한 일인가요?"

사무실에서 회의 자료를 검토하고 있던 설아에게 비서실의 최아라가 다가와 청룡 그룹의 회장 태석의 호출 사실을 전했다.

설아의 질문에 아라는 심각한 표정으로 고개를 끄덕였다.

"급한 일입니다. 지금 바로 모든 업무를 중단하고 회장실로 가셔야 합니다."

중요한 회의 자료를 검토 중이었지만 태석의 말을 거스를 수는 없었다.

설아는 고운 아미를 살짝 찌푸리며 회의 자료를 정리했다.

그리고 아라를 따라 승강기를 타고 회장실로 올라갔다.

"회장님께서 기다리고 계십니다."

또 다른 비서가 고개를 숙이며 말했다. 설아는 대답 대신 가벼운 노크와 함께 회장실 문을 열고 들어갔다.

청룡 그룹의 회장, 태석이 심각한 표정으로 앉아 있었다.

"앉아라."

"네."

설아가 소파에 앉자 태석은 그녀를 보며 입을 열었다.

"강성준이 S급 헌터로 승급했다."

"강성준 씨가요?"

태석의 말에 설아는 깜짝 놀랐다. 성준에 대한 정보통을 유지하고 있었지만 처음 듣는 정보였다.

그 모습을 본 태석은 한심하다는 표정으로 고개를 저었다.

"강성준에 대한 일은 모두 맡겼을 텐데, 아직도 몰랐던 거냐?"

"죄송합니다."

설아는 고개를 숙였다.

"후우! 지금이라도 알았으니까 됐다!"

태석은 한숨과 함께 말했다. 그는 언제 올려놓은 것인지도 모르는, 차갑게 식은 커피를 한 모금 마신 뒤 다시 입을 열었다.

"보안실의 임 과장 생각이 맞았어."

"강성준 씨가 힘을 숨기고 있었다는 가설이요?"

"그래. 그러지 않고서야 이렇게 빨리 S급으로 승급했을 리가 없어!"

태석은 단호하게 말했다.

도저히 상식적으로 이해되지 않는 성장 속도였다.

"정규 공략팀 2개 팀과 파티를 짜서 S급 던전을 공략하는데 성공했다고 들었다."

"그건 저도 들었어요. 사망자가 없었던 걸로 기억해요."

"너도 공부를 해서 알겠지만 S급 던전에서 사망자가 발생하지 않은 건 정말 대단한 거다."

태석의 말에 설아는 대답 대신 고개를 끄덕였다.

태석은 머그컵에 담긴 커피를 단숨에 비웠다.

"강성준과의 관계는?"

"생각보다 여자한테 관심이 없어서 힘들어요."

설아가 대답했다.

"무슨 방법을 써도 상관없으니까, 강성준을 청룡의 사람으로 만들어라."

태석의 말에 설아는 고개를 끄덕이며 입을 열었다.

"최선을 다할게요."

과거 성준을 청룡의 사람으로 만들라고 태석이 지시했을 때, 그녀는 힘없이 대답했었다. 그러나 오늘 비슷한 지시에 대답하는 설아의 목소리에는 의미를 알 수 없는 활기가 실려 있었다.

마정검 수여식 당일이 되었다. 청와대에서는 성준을 수행할 사람들과 차량을 보내주었다.

수혁의 몸 상태가 많이 호전되었다고는 하지만 여전히 좋지 않았기 때문에 그는 함께할 수 없었다. 그래서 청와대 비서실의 차량에 오르는 사람은 성준 혼자였다.

물론 리슈발트가 함께했지만 그 누구도 이 비밀스러운 수행원의 존재를 알아차리지 못했다.

"출발하겠습니다."

조수석에 탑승한 수행원이 차분한 목소리로 말했다. 성준이 대답 대신 고개를 끄덕이자 그들을 태운 차가 출발했다.

차량 내부는 편안했고 시원한 음료와 간단한 과자가 비치되어 있었기 때문에 청와대로 향하는 길은 쾌적했다.

성준을 태운 차량은 금세 청와대에 도착했다.

"저는 오늘 강성준 씨의 수행을 책임지게 된 안경철 행정관이라고 합니다. 잘 부탁드리겠습니다."

검은 정장 차림에 짧은 머리의 청와대 행정관이 다가와 차량의 문을 열며 성준에게 자신의 이름과 역할을 소개했다.

"제 요청은 제대로 전달된 게 맞지요?"

"물론입니다. 필요 없는 순서는 모두 생략하라고 지시해 뒀으니 수여식은 금방 끝날 겁니다."

성준의 물음에 경철은 고개를 끄덕이며 대답했다. 성준이 차에서 완전히 내리자 경철은 손목시계를 확인했다.

"대기실로 바로 이동하시겠습니까?"

"다른 선택지도 있었습니까?"

"시간이 생각보다 많이 남아서 원하신다면 청와대 주변을 산책하시는 것도 가능합니다. 제한 구역을 제외하고는 모두 개방하라는 대통령님의 지시가 있었습니다."

경철이 설명했다.

하지만 성준은 고개를 저었다.

"괜찮습니다. 대기실로 바로 가죠."

청와대에 대해서는 궁금하지 않았다. 시간이 남는다면 대기실에서 스마트폰으로 헌터닷컴이나 보면서 쉬고 싶었다.

"알겠습니다. 바로 안내해 드리겠습니다."

경철이 성준을 대기실로 안내했다. 혼자서 사용하는 개인 대기실이었는데 뛰어다녀도 될 정도로 넓었다. 그곳에서 성준은 청와대에서 제공한 정장을 입고 수여식이 시작되기를 기다렸다.

"강성준 씨!"

30분쯤 시간이 흘렀을까? 가벼운 노크와 함께 대기실 문이 열리더니 경철이 들어왔다. 그는 손목시계를 재차 확인하며 입을 열었다.

"수여식장으로 이동하셔야 됩니다."

성준은 대답 대신 의자에서 일어났다.

'생각보다 사람이 많네.'

수여식장은 꽤나 컸고 많은 사람이 초대받아서 자리를 채우고 있었다. 참석한 사람들은 헌터들과 일반인들이 균형을 이루고 있었다. 헌터는 대한민국의 주요 길드 관계자들이었고 일반인은 대기업이나 국가 기관의 관계자들이었다.

참석자들의 모습을 빠르게 훑던 성준은 익숙한 얼굴을 발견하고는 시선을 멈췄다.

'윤설아……?'

청룡 그룹의 윤설아였다. 그녀도 성준을 발견하고는 희미한 미소와 함께 손을 흔들어 보였다.

잠시 후 마정검 수여식이 시작되었다.

성준이 필요 없는 순서를 최대한 생략해 달라고 요청한 탓에 수여식은 간략하게 진행되었다.

그의 활약을 담은 연설문 낭독이 끝나자 대통령이 그에게 직접 마정검을 수여했다.

-단순한 수여식이지만 의미가 깊은 것 같습니다.

성준의 곁을 수행하고 있는 충직한 유령 부관, 리슈발트의 생각이었다. 주변에 사람이 많아서 고개를 끄덕이지는 못했지만 성준도 같은 의견이었다.

대통령이 직접 마정검을 수여하는 것으로 S급 헌터에게 대한민국의 국적을 상기시키면서 소속감을 가지게 하려는 생각일 것이다.

"만찬이 있습니다. 바쁜 일이 있으시다면 어쩔 수 없지만, 가능하면 참석하셔서 이 자리를 빛내주기를 모두가 원하고 있습니다."

수여식이 끝나고 경철이 찾아와 물었다.

"참석하겠습니다."

성준은 흔쾌히 고개를 끄덕였다. 수여식에 오기 전에 김현성 팀장으로부터 만찬 자리가 인맥을 넓히기에는 적격이라는 것을 들었기 때문이었다.

마정검 수여식에 초대받을 수 있는 사람들은 모두 어떤 기관이나 세력의 고위 관계자다. 그래서 안면을 익혀두면 언젠가는 도움이 될 것이라고 생각하고 있었다.

"준비된 자리로 안내해 드리겠습니다."

경철은 성준을 야외에 마련된 만찬장으로 안내했다. 이미 많은 사람이 모여 있었다.

성준이 만찬장에 모습을 드러내자 아무도 그 사실을 말하지 않았음에도 불구하고 만찬장에 모인 거의 모든 사람의 시선이 성준에게 집중되었다. 지금 이곳의 주인공은 그였다.

"여기입니다."

"또 만나네요, 강성준 씨."

경철이 안내해 준 테이블에는 청룡 그룹의 윤설아가 앉아 있었다.

그녀는 성준을 보며 미소와 함께 가벼운 인사를 건넸다.

성준은 몰랐지만 그와 같은 테이블에 앉을 기회를 쟁취하기 위한 경쟁은 치열했었고, 결국엔 청룡 그룹의 윤설아가 그 경쟁에서 이겼다.

"S급 헌터가 된 걸 축하해요."

성준이 의자에 앉자 설아가 축하 인사를 건넸다.

"감사합니다."

"당분간 귀찮은 일이 많이 생길 거예요."

설아의 말에 성준은 입가에 희미한 미소를 그린 채 입을 열었다.

"예상은 하고 있습니다."

새로운 S급 헌터가 탄생했는데 소속된 곳이 없다. 이것은 다른 S급 헌터와 다르게 영입 가능성이 있다는 의미다.

단순히 안면을 익히는 것을 넘어서 자신들의 세력으로 끌어들이기 위해 노력할 것이다.

"지금은 식사가 곧 시작될 거라서 방해하지 않겠지만, 조금만 있으면 우르르 몰려올 거예요."

설아의 예상은 틀리지 않았다. 식사가 끝나기 무섭게 눈치 게임이 시작되었다. 서로 가지고 있는 권력도 차이가 났으며 복잡한 이해관계가 얽혀 있기 때문에 쉽게 다가오는 이는 없었다.

하지만 만찬 시간은 한정되어 있었다. 그들은 눈치 게임을 서둘러 끝냈고, 첫 번째 승리자가 탄생했다.

안경을 쓰고 키가 작은 남자가 성준에게 다가와 입을 열었다.

"처음 뵙겠습니다. 강성준 씨, 저는 일성 그룹의 전략사업 본부장을 맡고 있는 김도혁이라고 합니다."

일성 그룹, 대한민국의 재계에서 부동의 1위를 차지하고 있는 기업이었다. 동명의 길드를 보유하고는 있지만 일성 그룹의 명성에는 한참 부족한 14위에 랭크되어 있었다.

성준은 그것을 좋지 않게 보고 있었다. 일성 그룹의 길드에 대한 지원이 부족한 것은 아니었지만 횡령 등의 비리가 많아서 실질적으로 길드에 들어가는 지원은 많지 않다는 것을 모두가 알고 있었다.

일성 그룹이 아니었다면 이미 국가에서 손을 썼을 것이다.

"여기 제 명함입니다."

도혁은 성준에게 자신의 명함을 꺼내 건넸다.

"일성 그룹에서 저한테는 무슨 일로……?"

사실 이유는 이미 알고 있었다.

도혁은 성준의 앞에 앉아 있는 설아를 한 차례 살피더니 다시 성준을 보며 선량해 보이는 미소와 함께 입을 열었다.

"일성 그룹은 강성준 씨와 좋은 관계를 만들어가고 싶습니다."

성준이 불쾌해할 수도 있다고 생각한 것인지 도혁은 조심스럽게 이야기를 시작했다.

하지만 바로 일성 길드에 대한 소개를 시작한 걸로 보아 길드 가입을 권유하려는 의도가 분명한 접근이었다.

도혁이 떠나고 마치 약속이라도 한 것처럼 다른 사람이 찾아왔다. 그는 국회의원이었다.

길드 가입을 권유하는 게 아니라 단순히 인맥을 넓히기 위한 목적 같았다.

"저희 길드에 가입하신다면 간부 자리를 포함해 모든 지원을 아끼지 않겠습니다."

대한민국 랭킹 6위인 쥬신 길드의 길드장 안성태를 포함해 5명의 길드장도 성준에게 눈도장을 찍고 돌아갔다.

만찬이 끝날 때가 되자 그 누구도 성준을 귀찮게 하지 않았다.

"돌아가실 때는 저희 차를 타고 이동하시겠어요?"

만찬이 끝나고 멀리서 경철이 천천히 다가오는 모습을 본 설아가 성준을 보며 조심스레 물었다.

"할 이야기도 있어서 말이에요."

"공식적인 일입니까?"

성준이 묻는 '공식적인 일'이라는 것은 윤태석 회장이 지시

한 일인지 묻는 것이었다.

"네. 드릴 것도 있어서요."

"협조하겠습니다."

성준은 경철에게 다른 차로 이동하겠다는 말을 남긴 후, 설아와 함께 이동했다. 두 사람이 탑승하자 차량이 출발했다.

10분 정도 침묵이 흘렀다.

"강성준 씨가 S급 헌터가 된 걸 축하하기 위해서 선물을 준비했어요?"

먼저 침묵을 깬 사람은 설아였다.

"회장님이 준비하신 건가요?"

"아뇨. 제가 따로 준비한 거예요. 할아버지는 아직까지 '선물'을 줄 단계는 아니라고 생각하시는 것 같아요."

성준의 물음에 설아는 고개를 저으며 대답했다.

그녀는 손가방에서 손바닥만 한 크기의 검은색 케이스를 꺼내 열었다. 안에는 붉은 보석이 박혀 있는 귀걸이가 들어 있었다.

-아이템입니다.

드랍되거나 갱신된 아이템이 아니라서 계측기가 반응하지는 않았지만 리슈발트가 알려줬다.

"감정해 봐도 되겠습니까?"

"물론이죠."

설아가 고개를 끄덕이자 성준은 계측기를 꺼내서 아이템을 감정했다.

삐빅하는 특유의 기계음과 함께 계측기에 아이템의 정보가 기록되었다.

[신속의 염원]

A급.

동체 시력 강화 효과 확인.

반사 신경 강화 효과 확인.

동체 시력과 반사 신경이 강화되는 아이템이었다. 옵션도 좋고 A급 아이템이라서 시세는 최소 40억 이상일 것이다.

"말 그대로 선물이에요. 그동안 제 편의를 봐줘서 고맙기도 하고…… 이번에 마침 승급했으니까 주는 거예요."

"우정의 증표 같은 겁니까……?"

"우정이라……. 그렇게 생각하는 것도 좋죠……."

성준의 말에 설아의 얼굴에 옅은 슬픔이 잠시 깃들었다가 사라졌다. 워낙 순식간이라서 성준은 물론이고 설아 자신조차도 눈치채지 못했다.

잠깐 대화를 나눴을 뿐이었지만 두 사람이 탄 차는 어느새 성준의 오피스텔 앞에 도착했다.

"덕분에 편하게 왔습니다. 조심히 들어가시지요."

"다시 한번 축하해요."

성준은 설아와 헤어진 뒤 오피스텔에서 샤워를 끝내고 헌터 닷컴에 접속했다.

[헌터 각성하고 1년인가 2년째라던데 벌써 S급 헌터야? 재능 있네.]

[저 사람, 차규태를 '정당방위'했던 헌터 아냐?]

[힘을 숨기고 있었던 것 같은데?]

오늘 있었던 마정검 수여식으로 인해 그의 존재가 국내에 알려지게 되었다. 그래서 그런지 헌터닷컴은 성준에 대한 이야기로 떠들썩했다.

[부럽다. 나도 S급 헌터 되고 싶어.]

[S급 헌터가 되신 것을 축하드립니다!]

진심으로 축하하고 부러워하는 헌터들도 있었지만.

[저거 사기인 것 같은데? 저거 레전설이잖아, S급 헌터가 되었을 리가 없음.]

[정부에서 자작극 펼친 듯.]

[S급 헌터가 두 명이나 죽어서 타국에 위장막 펼친다고 저러는 것

같네요. 실망입니다.]

성준의 빠른 출세를 시기하는 무리도 있었다. 화가 나지는 않았고 그저 한심해 보일 뿐이었기 때문에 성준은 고개를 저으며 컴퓨터 전원을 껐다.

잠이 들기 전에 아버지인 수혁에게 전화를 걸었다.

-아들! 오늘 TV에서 생중계하는 거 봤다! 네가 너무 자랑스럽다!

수혁의 기뻐하는 목소리를 들으니 성준도 기분이 좋았다.

마정검 수여식이 끝나고 S급 헌터임을 증명하는 헌터 자격증이 발급되었다. 현성이 직접 오피스텔 근처까지 찾아와서 그에게 전달했다. 그와 동시에 면세 혜택과 같은 S급 헌터에 대한 특혜가 적용되기 시작했다.

대표적으로 변한 게 수혁에 대한 경호였다. 경찰청에서도 성준의 가족인 수혁에 대한 1급 경호를 시작했다.

며칠 뒤에는 은주와 하연이 오피스텔 근처로 찾아왔다.

"성준 씨!"

성준을 발견한 은주가 반가움 가득한 목소리로 손을 흔들었다.

마정검 수여식 때문인지 가끔씩 그의 얼굴을 알아보는 사람이 생겼다. 그래서 귀찮은 일을 막기 위해 모자를 깊게 눌러 쓰고 있었음에도 그녀는 성준을 단번에 알아보았다.

"성준 씨! 조금 늦었지만 승급 정말 축하해요!"

은주는 고급스러워 보이는 원목 케이스를 들고 있었다. 그녀의 뒤로 하연이 차분한 걸음걸이로 다가왔다.

"축하해요."

"감사합니다."

성준은 은주와 하연을 보며 미소를 지었다.

"지나가다가 성준 씨한테 줄 것도 있고 해서 잠깐 들렀어요."

은주는 들고 있는 원목 케이스를 가볍게 흔들었다. 크기는 적당한 크기의 양주병이 하나 들어갈 수 있을 정도였다.

"그거 술이죠?"

그녀는 술이 세지는 않지만 좋아하는 부류였다.

"벌써 들켜 버렸네요. 헤헤."

성준의 물음에 은주는 장난스럽게 웃으며 성준에게 원목 케이스를 건넸다.

"그거 비싼 거니까, 아껴 마셔야 해요."

"그럼 저흰 이만 가볼게요."

하연이 손목시계를 확인하더니 말했다.

성준은 차라도 한잔 마시고 가는 게 어떻겠냐고 제안하려고 했지만 두 사람이 바빠 보여서 그만두었다.

오피스텔로 돌아온 성준은 원목 케이스를 열어보았다. 안에는 고급 양주가 들어 있었는데 술에 대해서 잘 모르는 성준이 알고 있을 정도로 유명하고 비싼 술이었다.

'돈 좀 썼겠네.'

비싼 술을 즐기는 편은 아니었지만 선물 받았으니 조만간에 개봉할 생각이었다.

술병을 원목 케이스와 함께 진열장에 놓은 성준은 시간을 확인했다.

'오후 3시.'

던전 공략은 하루에서 이틀 정도 쉴 생각이었고 아직 하루가 끝나기엔 시간이 많이 남았다.

성준은 짧은 고민 끝에 경매장에 방문하기로 했다.

VIP로 등급을 올려야 할 필요성도 있었다. 지금 등급에서도 품질 좋은 이계 아이템을 싼값에 구매할 수 있었는데, VIP 등급으로 가게 되면 얼마나 좋은 아이템이 숨어 있을지 상상만 해도 행복했다.

"경매장으로 간다."

성준은 리슈발트와 함께 경매장으로 향했다. 이윽고 경매장에 도착한 그는 가장 빠른 경매 일정을 확인하기 위해 걸음을 옮기기 시작했다.

"강성준 씨?"

경매 현황판 앞에 도착했을 때였다. 누군가 그의 이름을 불렀다. 성준은 목소리가 들린 방향으로 고개를 돌렸다.

정철이었다. 그는 얼마 전 던전에서 성준이 구해준 A급 헌터였다. 그의 곁에는 수행원으로 보이는 정장 차림의 남녀 2명이 있었다.

정철이 손을 휘젓자 그들은 고개를 숙인 뒤 물러났다.

"박정철 씨……?"

"먼저 연락한다고 해놓고 그러지 못해서 죄송합니다. 늦었지만 S급 헌터 승급을 진심으로 축하드립니다."

정철은 고개를 숙이며 사과했다. 사실 그동안 너무 바빠서 성준에게 미처 연락을 할 생각조차 할 수 없었다.

"여기서 만날 줄은 몰랐습니다."

성준이 말했다. 정철은 고개를 끄덕였다.

"저도요. 설마 그 유명한 강성준 씨가 제 경매장을 이용하고 계실 줄은 몰랐습니다."

"이 경매장이 박정철 씨 소유였습니까?"

"그렇습니다. 저희 아버지가 이쪽 세계를 총괄 관리하고 있는데 이곳의 관리는 저한테 일임하셨습니다."

정철은 자세히 설명하지 않았지만 그의 아버지는 국회의원이기도 했다.

'관리자라고……?'

거짓말을 하는 것 같지는 않았다.

성준은 속으로 미소를 지었다. 정철은 목숨을 빚졌고 반드시 갚겠다고 말했었다.

그렇다면 VIP 회원으로 승격을 부탁해도 되지 않을까?

VIP 회원 등급의 가치가 얼마나 되는지 모르기 때문에 조심스러웠다. 하지만 망설인다고 해서 해결될 일도 아니고 한번 물어보는 것 정도는 괜찮다고 생각되었다.

"박정철 씨, 잠깐…… 시간 괜찮으십니까?"

"물론입니다. 제 사무실로 가시죠."

성준의 물음에 정철은 희미한 미소를 머금은 채 답했다. 그는 성준의 목소리에서 조용한 곳에서 이야기하고 싶다는 마음을 읽고 자신의 사무실을 추천했다.

"이거 아버지한테 보고해 주세요."

"알겠습니다."

정철은 부하 직원에게 서류 봉투를 하나 전달한 뒤 성준과 함께 사무실로 자리를 옮겼다.

"VIP 회원증 때문이죠?"

정철이 물었다.

규모가 큰 비밀 경매장을 맡을 정도의 센스는 가지고 있는 것인지 질문이 제법 예리했다.

성준은 입가에 미소를 머금은 채 입을 열었다.

"눈치가 빠르시네요."

"처음에는 낙하산이었지만 그래도 이 정도 사업체를 굴리다 보니까 눈치가 빨라질 수밖에 없더군요."

정철은 앞에 놓인 커피를 한 모금 마셨다. 즐거운 듯 말하고 있지만 목소리에선 깊은 피로가 묻어 나왔다.

경매장을 운영하는 게 쉽지는 않은 모양이었다.

"그리고 사실 VIP 승격은 제가 가지고 있는 얼마 되지 않는 권한 중 하나입니다. 제가 해드릴 수 있는 게 생각보다 별로 없어서요."

"다른 걸 원하는 건 아닙니다."

"VIP 회원이 되면 전용 경매장에 출입할 수 있다는 건 아시죠? 유통되는 아이템은 별로 없지만 그만큼 상등품들이 경매에 나옵니다. 그러다 보니 기준도 엄격해서 VIP의 수는 많지 않습니다."

정철이 설명했다.

"VIP가 되기 위해선 돈과 권력, 둘 중 하나를 필수적으로 만족해야 합니다. 물론 두 가지 힘을 가지고 있는 경우도 분명히 있습니다."

"그래 봤자 감정 불가 아이템인데…… 수집가가 그렇게 많다는 말씀입니까?"

"모르셨군요. VIP 경매장에는 감정 불가 아이템만 등록되는 게 아닙니다."

현성에게서 듣지 못한 내용이었기 때문에 성준은 조금 놀랄 수밖에 없었다. 그런 그의 모습에 정철은 미소를 지으며 사무실 창밖을 슬며시 살피고 돌아왔다.

"지금부터 하는 이야기는 극비입니다."

성준이 고개를 끄덕이자 정철은 차분한 표정으로 입을 열었다.

"어둠의 경로로 유통되는 아이템들도 경매로 올라옵니다. 예를 들면…… '재앙의 성경' 같은 아이템들 말이죠."

"재앙의 성경? 그런 종류의 아이템은 정부에서 통제하고 있는 대표적인 아이템으로 압니다만……."

모든 종류의 저주를 사용할 수 있는 '재앙의 성경'은 강력한 대량 살상 아이템으로 분류되기 때문에 정부에서 소유하고 있었다. 비슷한 이유로 정부에서 소유하거나 통제하고 있는 아이템이 생각보다 많았다.

"가끔 올라옵니다. 재앙의 성경도 얼마 전에 올라왔다가 팔렸어요."

"재앙의 성경이요? 정부에서 가지고 있었을 텐데……."

"아직 발표되지는 않았지만 유출되었습니다. 강성준 씨도 아시겠지만 정부 기관이 고위 헌터를 최대한 많이 확보하기 위해 발버둥 치는 이유는 그들이 무능하기 때문입니다."

몰랐던 사실을 알게 되었다.

성준은 충격에 눈동자가 흔들렸다.

'재앙의 성경'이 유출되었다. 누군가 악한 마음을 먹고 그것을 낙찰받았다면 대한민국에 대재앙의 폭풍이 불 것이다.

'재앙의 성경'은 그런 위력을 가지고 있는 SS급 아이템이었다.

"그걸 가만히 지켜보고만 있었다는 말입니까?"

"저는 권한이 없습니다. 지켜보고 있을 수밖에 없었습니다."

성준은 정철의 목소리에서 깊은 슬픔을 느낄 수 있었다.

정철은 의자에서 일어나 자신의 책상으로 다가갔다. 작은 기계에서 검은색 카드가 한 장 나왔다.

정철은 그것을 뽑아서 성준에게 건넸다.

"이게 VIP 회원증입니다. 분실하면 곤란해지니까 잘 챙겨두세요."

성준은 고개를 끄덕이며 그것을 받았다.

칠흑과 같은 검은색의 카드에는 회원 번호로 추정되는 일련의 번호가 적혀 있었다.

"일 처리가 빨라서 좋군요."

"제 생명을 구해준 보답이기도 하지만 S급 헌터가 된 축하 선물이기도 합니다."

정철의 말에 성준은 카드를 조심스럽게 지갑에 넣었다.

"VIP 경매장은 가면을 쓰고 입장합니다. 쉽지는 않겠지만……."

정철은 잠시 말을 멈추고 커피잔을 들어 올렸다. 어느새 잔은 비어 있었다. 그는 짧은 한숨과 함께 그것을 내려놓고는 성준을 보며 입을 열었다.

"가끔이라도 대량 살상 아이템을 주시해 주셨으면 합니다. 물론 사례는 하겠습니다."

"그렇다면 어렵지 않죠. 가끔 알려 드리겠습니다."

사례를 하겠다고 말하지 않았다면 고민했을 것이다. 하지만 사례를 이야기했으니 가끔 가는 김에 동태를 살펴주는 것도 나쁘지는 않겠다는 생각이 들었다.

정철과의 친분을 유지하는 것도 앞으로 생활하는 데 도움이 될 것 같았다. 아직은 그에 대해 많은 것을 알지는 못했지만 적어도 해가 될 사람이 아니라는 것은 확실했다.

"제가 시간을 너무 많이 뺏었네요. 죄송합니다."

"아닙니다. 유익한 시간이었습니다."

정철의 말에 성준은 희미한 미소와 함께 대답했다. VIP 회원카드를 얻은 것만으로도 대단한 성과였다.

"저도 마침 1층에 볼일이 있으니까 같이 내려가시죠."

"그렇게 하시죠."

성준은 고개를 끄덕였다. 두 사람은 1층으로 내려갔다.

주차장으로 먼저 발걸음을 옮기는 성준의 뒷모습을 보며 정철이 입을 열었다.

"강성준 씨!"

성준이 걸음을 멈추고 정철을 향해 몸을 돌렸다.

"말씀하세요."

"앞으로도 잘 부탁드리겠습니다."

"저야말로."

두 사람은 많은 의미가 내포된 말을 주고받으며 멀어졌다.

"만족스러웠어……."

운전석에 올라타 시동을 걸며 성준이 혼잣말을 내뱉었다.

영혼의 몸으로 조수석에 앉아서 전방을 주시하던 리슈발트가 성준을 보며 입을 열었다.

-전생부터 주군께서는 사람 보는 눈이 정확하셨습니다. 한 가지 경우를 제외하면 말이죠…….

목소리에서 슬픔이 묻어 나왔다.

성준은 그가 말하는 한 가지가 무엇인지 어렵지 않게 알 수 있었다.

전생, 로우켈의 유일하면서 최악의 실수.

"황제를 너무 믿었던 건 내 최악의 실수였지……."

성준은 고개를 끄덕일 수밖에 없었다.

황제는 곧 제국이며, 제국은 곧 황제였다.

성준의 전생, 로우켈은 황제에게 충성을 바치는 신하이기 전에 함께 전쟁을 겪은 전우로서 그를 믿었다.

그리고 잔혹한 배반의 칼날에 찔렸다.

그날의 악몽을 생각하면 증오가 피어올랐다. 그 증오가 마력이 된다면 제국으로 향하는 차원의 문을 열고도 남았을 것이다.

"리슈발트."

-예, 주군.

"지금의 증오를 기억해라. 내 원념이 닿았다면 언젠가는 각성 던전이 황궁에도 열릴 거다."

-분명 그럴 겁니다. 황궁에서는 많은 일이 있었으니 말입니다.

"기억하고, 지켜봐라. 황궁에 각성 던전이 열리는 순간……."

성준의 눈동자에 살기가 깃들었다.

"……황제는 죽는다."

3장
차원 기동부대

　-공략 확인, 계측 완료. B급 던전을 클리어하셨습니다.

　보스의 시체에서 마력을 흡수하자 마정석을 남기고 시체가
사라졌다. 그리고 계측기는 던전의 공략이 끝났다는 것을 알
렸다.

　-축하드립니다, 주군. 동조율이 35%가 되었습니다.

　리슈발트가 다가와 축하를 건넸다. 성준은 고개를 끄덕이
며 입을 열었다.

　"전체적으로 스캔 부탁해."

　새로운 기술 같은 것을 사용할 수 있는 것인지 알아봐 달라
는 것이었다.

성준이 스스로 기억을 더듬어서 파악할 수도 있었지만 그건 귀찮고 시간이 걸렸다. 하지만 리슈발트가 마력을 한 차례 흘려보내면 바로 알 수 있었다.

-실시하겠습니다.

리슈발트의 마력이 성준을 한 차례 훑고 지나갔다.

-환영검의 제한이 일부 풀렸습니다. 환영의 칼날을 12개 정도 소환할 수 있습니다.

"좋네."

-그리고 동조율과는 별개로 주군의 신체에서 변화를 감지했습니다. 아무래도 헌터닷컴이라는 인터넷 커뮤니티 사이트에서 말하는 2차 각성인 것 같습니다.

"뭐?"

성준도 2차 각성에 대해 알고 있었다. 그것은 A급 헌터나 S급 헌터가 되면서 신체가 활성화되어 은신이나 저주 같은 특수 능력을 얻는 현상을 말하는 것이었다.

"각인은 없었는데……."

이 경우 각성과 함께 능력의 사용법이 기억에 '각인'되지만 성준은 그런 게 없었기 전혀 예상하지 못했었다.

-아무래도 전생의 기억 때문에 각인이 희미한 것 같습니다. 제가 임의로 기억을 깨워도 되겠습니까?

"그렇게 해."

-실행하겠습니다.

리슈발트의 마력이 성준의 각인된 기억을 깨웠다.

-생각나셨습니까?

리슈발트의 물음에 성준은 고개를 끄덕이며 왼손을 내뻗었다. 그리고 입을 열었다.

"힐링 스프레이."

왼손에서 섬광이 번쩍하더니 백색의 빛무리가 조각나서 흩뿌려졌다.

-광역 계열의 신성 기도문인 것 같습니다.

"그래, 전생의 기억이 있지만 회복계라서 그런가 봐."

2차 각성으로 얻는 특수 능력은 헌터에 따라서 하나가 아닌 경우도 있다. 하지만 변하지 않는 불변의 사실은 자신의 계열에 관련된 특수 능력만 부여된다는 것이었다.

"각성 던전…… 지금 열 수 있나?"

-동조율이 35%가 되면서 조건이 충족되었습니다.

"좋아, 열어."

-괜찮으시겠습니까?

리슈발트가 걱정스러운 목소리로 물었지만 성준은 여유로운 표정으로 입을 열었다.

"그동안 충분히 쉬었어. 복수할 시간이다."

성준의 말에 리슈발트도 미소를 지었다. 그는 아무것도 없는 허공을 향해 손을 내뻗었다.

-열겠습니다.

리슈발트가 마력을 끌어 올리자 주변 풍경이 변했다.

드론들마저 사라지고 새롭게 펼쳐진 곳은 칠흑의 짙은 어둠이 지배하는 공간이었다. 아무것도 보이지 않았지만 눈에 마력을 집중하자 검은 장막이 걷히고 주변을 인식할 수 있게 되었다.

"리슈발트, 어때? 앞이 잘 보여?"

-제게 어둠은 큰 장애가 될 수 없습니다.

"좋아, 근처의 정찰을 부탁할게. 나는 눈이 어둠에 조금 더 익숙해질 때까지 여기서 주변을 경계하면서 기다릴게."

-이행하겠습니다.

리슈발트가 스르르 모습을 감췄다. 10분쯤 지났을까? 성준의 눈이 어둠에 익숙해질 때가 되자 충직한 영혼 부관이 다시 모습을 드러냈다.

-주변 정찰을 끝냈습니다.

"어때?"

-확실하지는 않지만 일종의 훈련소인 것 같습니다. 정규군의 수가 많지 않았습니다.

"제국의 암살 부대일 확률이 높겠네?"

어둠 속의 훈련소라면 암살 부대가 가장 먼저 연상되는 건 당연했다.

"특무군 중에서도 집행 부대나 유령 부대…… 어쩌면 황실 친위대 살수조일 수도 있고…… 그건 바라지 않지만."

황실 친위대 소속 살수조는 제국 최강의 암살 부대였다. 그들이 직접 움직이는 경우는 드물었지만 일단 그들의 목표가 되면 살아남기는 힘들었다.

-차원 기동부대의 훈련소일 수도 있습니다. 그들은 차원을 넘을 때 어둠 속을 헤쳐 가야 하기 때문에 훈련소부터 어둠에 익숙해지기 위해 지하에 만들어졌다고 들었습니다.

"차원 기동부대면 좋겠네. 만약 지구를 침략한다면 제일 선봉에 설 놈들이니까."

차원 기동부대의 설립 목적은 차원을 경유한 기동을 통한 은밀 침투와 암살이었지만, 차원과 관련된 기술을 보유한 만큼 지구 침략의 관문이 열리면 선봉에 설 확률이 높았다.

"훈련소를 박살 내면 보충병들의 수가 조금이라도 줄어들겠지."

성준의 손에는 어느새 변형을 끝낸 로엘이 들려 있었다. 어둠 속에서 빛나는 그의 눈동자에는 살기가 선명했다.

차원 기동부대 또한 전생의 죽음에 관여한 부대.

자비는 없다.

-공략 방식은 어떻게 하시겠습니까?

리슈발트가 물었다.

과거에는 몰살만 방법인 줄 알았지만 우회하여 보스로 인식된 자를 죽이는 것도 공략 방법이라는 것을 알게 되었다.

"몰살."

성준은 간단하게 대답했고 리슈발트는 고개를 숙이며 입을 열었다.

-수행하겠습니다.

"좋아, 가자."

성준은 작은 목소리로 말한 뒤 조심스럽게 문을 열었다.

복도도 시작 지점인 작은 방과 마찬가지로 짙은 어둠에 싸여 있었다.

눈에 마력을 집중한 덕분에 어둠에 제법 익숙해져서 앞이 안 보일 정도는 아니었다.

"정규군은 모두 정예 병력이었지?"

성준은 천천히 발걸음을 옮기며 리슈발트에게 질문을 던졌다. 일반병이 이런 어둠 속에서 제대로 된 생활이 가능할 리가 없었다.

-예, 소수지만 정예 암살자가 분명했습니다. 일반병은 단 한 명도 없었습니다.

"쉽지 않을지도 모르겠네……."

성준은 작게 중얼거리며 심각한 표정으로 고개를 끄덕였다.

'누군가 있다…….'

천천히, 하지만 거침없이 나아가던 성준이 갑자기 걸음을 멈췄다. 눈앞에 보이는 희미한 철문 너머로 누군가 있었다.

마력도 제법 느껴졌다. 실력자가 분명했다.

성준이 기척을 최대한 죽인 탓에 아직 눈치채지는 못한 모양이었지만 거리가 조금 더 가까워지면 어떻게 될지 성준도 장담할 수 없었다.

'은신을 사용한다고 해도 문을 여는 순간 들킬 텐데……'

성준은 고민했다. 하지만 금방 돌파구를 찾을 수 있었다.

'질풍검으로 단숨에 돌파한다.'

성준은 검을 들어 올리는 것과 동시에 마력을 일으켰다.

문 너머에서 보초를 서고 있던 암살자 역시 마력의 유동을 느끼고 무기를 뽑아 드는 듯한 기척이 느껴졌다.

대응하려는 듯했지만 성준이 조금 더 빨랐다.

"질풍검!"

철문을 단숨에 조각내고 내부로 침입한 성준은 멈추지 않고 암살자를 향해 돌진했다.

"크아아악!"

암살자가 뽑아 든 단검에서 오러가 번뜩였지만 휘두르기도 전에 질풍검에서 파생된 검풍에 밀려났다.

재앙은 거기서 끝나지 않았다.

질풍검은 검풍이 아닌 고속 이동술과 함께 펼치는 찌르기가 진짜 공격이었다. 성준의 검이 암살자의 심장을 꿰뚫었다.

"쿨럭!"

암살자는 붉은 피를 쏟으며 쓰러졌다. 그리고 동시에 사방에서 빠르게 거리를 좁혀 오는 다수의 기척이 느껴졌다.

"너무 요란했나……?"

-아닙니다. 주군께서 마력을 끌어 올린 순간부터 모여들기 시작했습니다. 다른 기술을 사용했더라도 마찬가지였을 겁니다.

리슈발트의 말에 고개를 끄덕이며 기척의 수를 헤아렸다.

'바로 맞붙을 수는 4명 정도?'

검에 묻은 피를 한 차례 털어냈다.

"이걸로 굳이 찾아다닐 필요가 사라졌네."

성준은 입꼬리를 끌어 올리며 냉소를 흘렸다.

기척은 더욱 가까워졌다. 이윽고 복도 쪽에서 불빛이 반짝이더니 오러를 머금은 단검 4개가 날아왔다.

모두 급소를 노리고 있었다.

'어둡고 거리가 있는데도 이 정도로 정확한 공격이라니!'

성준은 단검을 회피하면서도 감탄했다.

대응하기 위해 단검을 뽑으려는 순간이었다. 가까이 접근해 온 4명의 기척이 사라졌다.

성준의 예리한 감각으로도 찾을 수 없었다. 그러다 갑자기 방 안에 다시 4명의 기척이 드러났다.

고속 이동술이 아니었다.

차원을 관통하는 특수한 이동술. 그것은 블링크와 가장 흡사했다.

'이 기술은……!'

성준은 알고 있었다, 이러한 방식으로 싸우는 제국의 부대를.

"차원 기동부대!"

4방향에서 급소를 노리는 단검의 향연에 성준은 입꼬리를 끌어 올리며 검을 들어 올렸다.

"그래! 이 정도는 해줘야지!"

"실성했나?"

"상관없다! 죽여라!"

빠져나갈 곳은 보이지 않았다. 성준도 그렇게 생각했고 기습을 가하는 암살자 4명도 그렇게 생각했다.

"블링크."

성준이 사라졌다. 4명의 암살자가 휘두르고 내찌른 단검은 아무것도 없는 허공을 갈랐다.

"사라졌어?"

"블링크다!"

"사방을 경계해!"

"저기다!"

한 명이 다시 드러난 성준의 기척을 읽고 경고했다. 일사불란하게 움직여 대응 자세를 취하는 그들을 보며 성준은 살기를 개방했다.

그들의 강함을 판단하기 위함이었다.

"큭!"

"크윽!"

신음과 함께 자세가 조금 흔들렸지만 무너지지는 않았다. 일반병이었다면 기절했을 것이고 기사라고 해도 자세가 무너지고도 남을 정도의 살기였는데 이 정도였다.

'만만한 놈들이 아니야.'

성준은 지체 없이 암살자들을 향해 고속 이동술을 펼치며 검을 휘둘렀다.

"이, 이중 속임수……! 크하악!"

암살자들은 뛰어난 실력자들이었다. 그들 중 한 명은 성준이 검격에 이중 눈속임을 섞었다는 것을 눈치챘지만 그뿐이었다.

그에 걸맞은 대응을 할 실력은 없었다.

암살자 1명이 고통에 찬 비명을 내지르며 쓰러지고 남은 3명은 합격진을 펼쳤지만 성준의 눈에는 어린애들의 장난처럼 보였다.

'아무래도 조금 전에 내가 잠깐 당황했던 건 차원 도약 특유의 기습 이점 때문이었나 보네.'

성준의 검이 가장 가까운 곳에 있던 암살자의 목을 베었다. 피분수가 솟구쳤다.

다른 2명은 단검을 고쳐 잡으며 빠르게 고속 이동술을 펼쳤다. 그들이 자랑하는 기술인 차원 도약은 완벽에 가까운 기습을 가할 수 있지만 자주 사용할 수 있는 게 아니었다.

"커헉!"

"크아악!"

남은 2명도 쓰러졌다.

-더 몰려오고 있습니다.

리슈발트가 보고했다.

성준은 고개를 끄덕이며 입을 열었다.

"나도 준비 운동이 아직 안 끝났어."

자랑스러운 제국을 지키는 강력한 무력 단체 중 하나인 차원 기동부대의 훈련소는 오늘도 아무런 사고 없이 무사히 돌아가고 있나 싶었다.

훈련생들은 교관의 지도 아래 효율적으로 사람을 죽이는 방법에 대해 배우고 있었다.

"훈련 중지!"

또 다른 교관이 등장하면서 훈련이 잠시 중단되었다. 훈련을 진행하고 있던 교관이 그를 보며 입을 열었다.

"무슨 일이야?"

"훈련소가 공격당하고 있다. 전원 무장하고 요격에 나선다."

"뭐? 아직 훈련생들인데⋯⋯."

"하지만 제국의 영광을 위해 싸우는 검이라는 사실은 변하지 않는다."

교관의 날카로운 시선이 훈련생들을 빠르게 훑었다.

"총원 무장!"

"황제 폐하를 위하여!"

"제국에 승리의 영광을!"

그들은 훈련생 신분이었지만 지독한 정신 교육으로 인해 황제에 대한 충성심으로 무장된 상태였다.

4명의 암살자의 뒤를 이어 성준을 습격한 12명은 순식간에 전멸하고 1명만 남게 되었다.

"화, 황제 폐하 만세!"

그는 두려움을 잊기 위해 황제를 찾았지만 그것은 오히려 성준의 화를 더 돋우기만 했다.

섬광과도 같은 고속 이동술과 함께 쇄도하는 검을 암살자는 도저히 막을 수가 없었다.

"커헉!"

성준이 휘두른 검이 암살자의 목을 쳤다. 짧은 비명과 함께 암살자가 쓰러지자 성준이 입을 열었다.

"흡수."

체력과 마력이 회복되었다. 리슈발트가 따로 보고하지는 않았지만 동조율도 소량 상승했을 것이다.

성준은 두 눈을 감고 감각에 정신을 집중했다. 근처에서 마력이나 기척은 느껴지지 않았다.

-주군의 감지 거리 밖에서 적을 포착했습니다.

정찰을 끝내고 돌아온 리슈발트가 모습을 드러내며 보고했다.

예상대로 감지 거리 밖에 적이 있다고 했다. 만약 감지 거리 안이었다면 지금의 성준이 포착하지 못했을 리가 없었다.

"안내해."

-기꺼이 그리하겠습니다.

성준은 앞서가는 리슈발트를 뒤따랐다.

이제 이 칠흑과 같은 어둠에도 익숙해졌다.

'전력을 다할 수 있다!'

그는 입꼬리를 슬쩍 끌어 올리며 어둠 속의 복도를 달렸다. 일반인의 눈에는 아무것도 보이지 않을 정도로 어두웠지만 지금 성준의 시야는 꽤나 선명했다.

-철문 너머에 매복입니다.

"알아."

성준은 철문 앞에서 걸음을 멈췄다. 다수가 매복하고 있다고 생각하기엔 기척과 마력이 거의 느껴지지 않았지만 성준의 예리한 기척 감지를 속일 수는 없었다.

'안은 넓다……!'

투시 능력이 있는 것은 아니었지만 문틈으로 새어 나오는 바람의 흐름으로 내부 공간의 크기를 가늠하는 것은 어려운 일이 아니었다.

"조장님, 적이 눈치챈 것 같습니다."

"이렇게 된 이상 차원 도약으로 선제공격한다! 우리 1반이 단검 투척으로 적의 시야를 교란하겠다. 2반은 신속하게 차원 도약으로 적을 타격한다!"

조장의 말이 끝나기 무섭게 2반의 암살자들이 차원 도약을 감행했다. 1반은 철문을 향해 일제히 단검을 던졌다.

허공을 가르며 쇄도하는 단검에는 선명한 오러가 깃들어 있었다. 철문을 종이처럼 뚫고 나가 성준의 급소를 노렸다.

동시에 차원 도약을 해 온 암살자 10명이 성준의 사방에서 모습을 드러냈다.

"쉽게 피하지는 못할 거다!"

완벽한 합격에 2반 반장은 자신감 넘치는 목소리로 외쳤다. 하지만 성준의 입가엔 여유로운 미소가 가득했다. 그뿐만 아니라 두 눈까지 감고 있었다.

"얕보는 거냐!"

"죽여!"

투척된 10개의 단검이 머리와 목, 심장과 복부를 노리고 있으며 10명의 암살자가 근접해서 각자 다른 곳을 노리고 있는 상황에서 성준은 눈을 감은 것이다!

"힐링 스프레이."

백색의 섬광이 쏟아졌다.

"으, 으아아아악!"

"내 눈!"

지독한 어둠 속에서 힐링 스프레이가 토해내는 강렬한 빛은 일종의 섬광탄으로 작용해 짧은 순간 시력을 상실하게 만들었다.

"당황하지 마라! 마력을 집중시켜서 시야를 회복해!"

그들은 잘 훈련된 암살자였다. 순식간에 시야를 회복했다. 하지만 합격은 무너지고 난 뒤였다. 그들이 시야를 회복하는 1초 동안 성준은 자신을 향해 쇄도해 오던 10개의 단검을 모두 쳐냈다.

"마, 맙소사⋯⋯."

"반장! 2반과 함께 즉시 물러나라! 보통 놈이 아니다!"

조금 떨어진 곳에 있어서 시력을 잃지 않았던 조장은 보았다. 10개의 단검을 쳐내는 신묘한 검술을.

실전 경험이 풍부한 그는 바로 깨달을 수 있었다.

'우리는 상대가 안 된다……!'

굵은 땀방울이 볼을 타고 흘렀다.

"2반! 즉시 물러난…… 커헉!"

2반 반장이 지시를 내리려는 순간, 고속 이동술로 순식간에 거리를 좁힌 성준의 검이 그의 흉부를 꿰뚫었다.

성준이 검을 뽑아내자 그는 붉은 피를 토해내며 쓰러졌다.

"하, 합격!"

"멍청한 놈들! 당장 도망쳐!"

2반의 암살자들은 다시 합격진을 펼쳤다. 조장은 답답한 마음에 외쳤지만 닿지 않았다.

"이렇게 된 이상 우리 1반도 2반을 지원한다!"

"누구 마음대로."

성준은 냉소를 머금었다. 그의 눈동자가 빛난 순간이었다. 칼날이 매섭게 바람을 갈랐다.

"크아아악!"

"커헉!"

2반의 암살자가 모두 쓰러졌다. 너무 빨라서 마치 검이 분열한 것처럼 느껴질 정도였다. 조장의 눈으로도 잔상조차 쫓을 수 없었다.

"이, 이렇게 빠를 수가……!"

2반의 전멸을 두 눈으로 보고도 믿을 수 없었다.

"차, 차원 도약으로 후퇴한다……!"

조장이 지휘하는 1반은 아직 차원 도약을 사용하지 않았다. 조장은 지원을 위해 이곳으로 향하고 있는 본대에 가세할 생각이었지만.

"질풍검."

성준이 질풍검으로 일순간 거리를 좁혀 왔다.

"크하아악!"

"으아아악!"

검풍에 암살자들이 쓰러졌다. 실력자들인 만큼 치명상을 입지는 않았지만 온전하게 받아낼 정도는 아니었던 것이다.

"제, 제기랄!"

조장은 욕설과 함께 주력 무기인 소검을 뽑았다. 칼날에 선명한 오러가 깃들었다.

'부하들이 일어날 때까지만 버텨서 합격한다!'

조장의 생각이었다.

1반의 암살자들은 검풍에 상처를 입었지만 치명상은 아니었다. 이미 몇 명은 성준을 향해 무기를 겨누고 있었다.

'다른 놈들이 가세하기 전에 죽인다.'

성준이 검을 받아내며 자세를 고쳤다.

기세가 변하자 조장은 뭔가 잘못되었음을 직감했다.

"환영검."

성준은 차분하게 시동어를 내뱉으며 기술을 완성했다. 제한이 일부 풀리면서 12개까지 늘어난 환영의 칼날들이 조장을 덮쳤다.

"크, 크악!"

조장은 7개의 환영검을 막아내는 기염을 토해냈다. 그러나 남은 5개의 환영검이 전신을 난도질하자 붉은 피를 흩뿌리며 힘없이 쓰러졌다.

"조, 조장님!"

"다음은 너희 차례야."

성준은 검을 들어 올리며 자세를 정비했다.

고급 기술을 연이어 사용한 탓에 상당량의 마력을 소모했지만 남은 이들을 죽여서 체력과 마력을 보충할 생각이었다.

"크하악!"

"으윽!"

성준이 휩쓸고 지나간 자리에는 시체만 남았다.

1반과 2반의 암살자를 모두 죽인 성준은 그들에게서 체력과 마력을 흡수했다.

-옵니다.

흡수가 끝나기 무섭게 리슈발트가 경고했다.

성준은 고개를 끄덕였다.

쩌저적!

허공에 균열이 생기고 벌어진 틈새에서 검은 옷을 입은 암살자들이 쏟아져 나왔다. 그 수가 40명이 넘었지만 성준은 여유로웠다.

'절반이 훈련생이군.'

성준의 눈동자가 빠르게 주변을 훑었다. 이미 합격진은 완성되었고 성준을 공격하기 위해 움직이고 있었다.

이 전투를 유리하게 이끌기 위해서는 그들의 움직임을 저지할 필요가 있었다.

'살기로는 안 돼.'

조금 전에 살기를 사용했지만 암살자들의 수준이 높아서 효과가 그렇게 크지는 않았다. 훈련생들을 대상으로 사용한다면 조금 더 효과를 보겠지만 절반은 정규군이라는 게 문제였다.

'그렇다면 이것밖에 없다.'

성준의 눈동자가 빛났다. 암살자들이 코앞까지 접근했음에도 불구하고 그는 여유를 잃지 않았다.

그는 차분한 표정으로 입을 열었다.

"울부짖어라, 로엘."

잠자고 있던 로엘이 깨어났다.

-크롸롸롸롸!

드래곤 피어가 공동 안을 뒤흔들었다.

"크, 크윽!"

"커헉!"

훈련생들은 거품을 물고 쓰러졌고 암살자들도 두려움에 질려 무기를 놓치거나 경직되어 움직이지 못했다.

제한적이긴 하지만 마룡의 드래곤 피어였다. 그들이 감당하기엔 너무나 강대한 존재였다.

"드래곤 피어?"

훈련소의 수비조장 에릭슨의 안색이 하얗게 질렸다. 만약 상대가 드래곤이라면 터무니없는 싸움을 걸고 있는 꼴이다.

하지만 물러날 수는 없었다.

'반드시 지켜야 한다.'

이곳에는 차원 도약 이론서가 있기 때문이었다. 훈련소가 전멸하고 이론서를 탈취당한다면 차원 기동부대는 병력의 보충이 불가능하게 된다.

"크아악!"

"으아악!"

하지만 쉽지 않았다. 드래곤 피어의 영향 때문에 경직된 암살자들과 훈련생들은 성준이 휘두르는 검 앞에 허수아비처럼 쓰러졌다.

경직이 풀렸을 때는 이미 훈련생을 포함한 병력의 절반 이상이 쓰러진 뒤였다.

"수비조장님! 적이 너무 강합니다!"

"증원이 필요합니다!"

"제국군은 언제 오는 겁니까?"

치열한 공방전 중에도 질문이 쏟아졌다. 그들의 질문에 단 하나의 긍정적인 답변도 해줄 수 없었기 때문에 에릭슨은 절망할 수밖에 없었다.

어느 순간 외부와 공간이 단절되었고 그것은 차원 기동부대 특유의 차원 도약으로도 넘을 수 없었다.

'정말 드래곤인 건가……? 그렇다면 어째서…….'

잠시 다른 생각을 했지만 그는 곧 고개를 저으며 단검을 들어 올렸다. 전투 중에 잡생각은 사치였다.

"블링크."

어렵게 합격진을 구축할 때마다 성준은 블링크를 사용해 거리를 벌렸다.

그럴 때마다 에릭슨은 물론이고 차원 기동부대의 암살자들은 미칠 노릇이었다.

"투척!"

거리가 너무 벌어졌다고 생각한 에릭슨은 부하들에게 단검 투척 명령을 내려서 성준을 견제하게 했다.

사방에서 수십 개의 단검, 그것도 오러가 깃든 단검들이 성준을 노렸다.

"좀 많네."

하지만 성준은 여전히 여유를 잃지 않았다. 그는 목에 걸고 있는 두 개의 목걸이 중에 붉은 보석이 박힌 것을 들어 올리며 입을 열었다.

"실드."

시동어와 함께 S급 아이템 '용의 가호'의 원거리 공격 저지 스킬이 사용되었다. 단검에는 무려 오러가 깃들어 있었지만 '용의 가호'가 생성해 낸 역장을 뚫지 못했다.

"이, 이럴 수가!"

"이걸 다 막았어?"

당황하는 암살자들을 보며 성준은 입꼬리를 끌어 올렸다.

'S급 아이템이 좋긴 하네.'

오러 섞인 단검 수십 개면 고위 방어 마법도 찢어발길 수 있다. 그것이 막혔으니 암살자들이 놀랄 수밖에 없었다.

"슬래시!"

이제 성준의 차례였다. 그는 오러 참격을 날려 암살자들의 진형을 무너뜨린 뒤, 블링크로 깊이 침투하여 미친 듯이 검을 휘둘렀다. 얼핏 무아지경으로 막 휘두르고 있는 것처럼 보였지만 질서가 있는 검술의 일종이었다.

"큭!"

하지만 적들의 실력이 뛰어나고 그 수가 워낙 많은 탓에 성준은 상처를 입고 말았다. 순간 주춤거리는 성준을 보며 에릭슨은 환하게 웃었다.

"좋아! 총원 일제 공격!"

"블링크!"

성준이 다시 멀어졌다.

마력 소모가 엄청났지만 살기 위해서는 어쩔 수 없었다.

"힐!"

성준은 힐로 자신의 상처를 치유하고는 다시 전투에 임했다. 그가 힐을 사용했다는 사실에 놀라기도 전에 에릭슨을 포함해 차원 기동부대의 암살자들이 모두 전멸했다.

물론 성준도 온전한 모습이 아니었다. 피투성이였고 체력과 마력의 소모도 엄청났다. 하지만 '흡수'가 있었다.

"흡수."

체력과 마력이 어느 정도 회복되었고, 성준은 확보한 마력의 일부를 사용해서 상처도 치유할 수 있었다.

-동조율이 36%가 되었습니다. 클리어 보상까지 합치면 37%가 될 것 같습니다.

"잘된 일이야."

-각성 던전에서 나가시겠습니까?

리슈발트의 물음에 성준은 고개를 저으며 입을 열었다.

"내 기억이 틀리지 않다면 여기 차원 도약 이론서가 있을 거다. 그게 없으면 보충병 양성을 못 할 거야."

-잠금 술식이 있지 않겠습니까?

"이게 있잖아?"

성준은 '안벨의 만능열쇠'를 들어 보였다.

성준은 잔당들을 소탕하며 훈련소를 철저하게 박살 냈다.

-잔당은 이제 없는 것 같습니다.

리슈발트가 보고했다.

황제에게 과한 충성을 보이는 제국의 병력답게 그들은 성준을 기습할 때 대부분 도망치지 않고 모여 있었다.

도망치거나 소집에서 제외된 이들은 소수에 불과했다.

"이제 차원 도약 이론서만 찾으면 되겠네."

-강력한 잠금 술식을 썼을 테니, 마력 반응만 따라가면 어렵지 않게 찾을 수 있을 겁니다.

리슈발트의 말대로 유난히 강한 마력이 느껴지는 곳이 있었고 성준은 그곳으로 발걸음을 재촉했다. 그는 곧 차원 도약 이론서가 보관된 것으로 추정되는 곳에 도착했다.

잠금 술식을 맹신한 것인지, 아니면 기습에 소집되었던 것인지 경비병들의 모습조차 보이지 않았다.

"시작해 볼까."

성준은 여유로운 목소리로 말하며 '안벨의 만능열쇠'를 꺼내 잠금 술식에 갖다 대었다. 만능열쇠에 마력을 주입하자 잠금 술식이 깨지고 철문이 열렸다.

안에는 작은 보관함이 하나 있었다.

-잠금 술식은 없습니다.

리슈발트는 보관함 상태를 살핀 뒤, 성준에게 보고했다.

"다행이네."

성준이 말했다.

만능열쇠는 철문에 걸려 있던 잠금 술식을 해제하느라 내장된 마력을 모두 소모했기 때문에 보관함에도 잠금 술식이 걸려 있었다면 곤란했을 것이다.

보관함의 잠금장치는 낡은 자물쇠가 전부였다.

제법 튼튼해 보였지만 성준은 단검의 오러로 자물쇠를 절단하고 보관함을 열었다. 안에는 작은 책이 하나 있었다.

"'차원 도약 이론서'……."

성준은 표지에 적혀 있는 이계어를 소리 내어 읽으며 입꼬리를 끌어 올렸다.

"대륙에 단 하나밖에 없는 만능열쇠가 나한테 있을 거라고는 생각도 못 했겠지……."

그들은 잠금 술식을 너무 믿었고 그것을 해제할 수 있는 유일한 아이템인 '안벨의 만능열쇠'가 완전히 유실되었을 것이라고 믿고 있었다.

그 결과, 이렇게 중요한 것을 허무하게 빼앗기고 말았다.

성준은 계측기를 가져가 보았지만, 아이템 반응은 없었다.

-파기하실 겁니까?

"아니, 언젠가 쓸 일이 있을 거라고 생각해."

리슈발트의 말에 성준은 고개를 저으며 대답했다. 파기하는 것도 하나의 방법이겠지만 부피도 얼마 되지 않아서 성준은 차원 주머니에 그것을 넣었다.

"이제 가자."

성준은 끝을 고했다. 보스를 처치했기 때문에 클리어 조건은 갖춰졌다. 당장에라도 나갈 수 있다.

리슈발트는 대답 대신 고개를 끄덕이며 두 손을 들어 올렸다. 그가 마력을 끌어 올리자 주변 풍경이 녹아내리고 마지막으로 공략했던 던전의 보스방이 모습을 드러냈다.

던전을 나온 그는 직원에게 보고를 끝낸 뒤, 마정석을 매각하기 위해 던전 관리국으로 차를 몰았다.

"총 정산 금액 3억 2천만 원입니다. 등록하신 계좌로 입금해 드리겠습니다."

마정석을 매각한 정산금이 계좌로 입금되었다. 솔플했기 때문에 다른 사람과 나눌 필요 없이 모두 성준의 몫이었다.

그는 주차장으로 발걸음을 옮기며 계좌의 잔액을 조회해 보았다. 그동안 모은 돈이 200억이 넘었다.

'VIP 경매장에 한 번 가볼까……?'

문득 든 생각이었다.

VIP 경매장에 올라오는 물품들은 매우 비싸겠지만 200억이라면 한 번 시도해 볼 법하다는 생각이 들었다. 그리고 마음에 드는 아이템이 없으면 구경만 해보는 것도 좋은 경험이 될 것 같았다.

-VIP 경매장에 방문할 생각이십니까?

VIP 회원카드를 꺼내 살피는 성준을 보며 리슈발트가 물었다. 성준은 별다른 대답을 하지 않고 회원카드에 있는 VIP 경매장 주소로 차를 몰았다.

"도착."

성준은 혼잣말을 내뱉으며 운전석에서 내렸다. 그의 차가 주차된 곳은 서울역의 주차장 중 한 곳이었다.

-이곳입니까?

"그래. 나도 서울역 지하에 있을 줄은 몰랐어."

리슈발트의 물음에 성준이 대답했다.

VIP 회원카드에는 서울역 지하의 비밀 통로를 통해서 경매장이 출입할 수 있다고 적혀 있었다고 적혀 있었다. 그리고 그 비밀 통로를 여는 열쇠가 VIP 회원카드였다.

'생각보다 거물들이 관련된 모양이야.'

VIP 경매장이 서울역 지하에 있는 것만 봐도 거물들이 개입했다는 사실을 알 수 있었다.

'박정철의 아버지가 누군지 궁금해지네.'

정철은 일반 경매장의 관리를 맡고 있었다. 예전에 만났을 때 대화 중에 부모의 후광이 있었다고 말했던 게 기억났다.

그가 A급 헌터라지만 비밀스러운 경매장의 관리를 맡길 정도면 그의 부모의 입김이 굉장히 강했다는 것을 의미했다.

'일단은 VIP 경매장으로 들어가자.'

성준은 서울역 지하로 내려갔다. 회원카드에 기록된 약도로는 한계가 있었기 때문에 금세 길을 잃고 말았다.

하지만 리슈발트의 도움과 성준의 노력이 더해져서 인적이 드문 곳에 있는 비밀 통로를 찾을 수 있었다.

[관계자 외 출입금지.]

관계자 외의 출입을 금한다는 안내판과 함께 굳게 닫힌 문의 중앙에는 카드를 인식하는 기기가 달려 있었다.

-삐빅.

VIP 회원카드를 가져다 대자 기기는 특유의 기계음과 함께 카드를 인식했다. 인식이 끝나자 문이 열렸다.

긴 복도 끝에 승강기가 있었다. 승강기 안에 들어가자 'X'라고 각인된 하나의 버튼이 보였다.

-버튼이 하나밖에 없습니다.

리슈발트의 말에 성준은 대답 대신 고개를 끄덕인 뒤, 버튼을 누르자 승강기가 움직이기 시작했다.

벽면 쪽에는 '가면'이 걸려 있었다. 그제야 성준은 VIP 경매장은 정체를 숨기기 위해 가면을 쓴다고 정철이 말했던 것을 기억하고는 가면을 얼굴에 썼다.

-왕국 연합의 암흑 살수대 같습니다.

암흑 살수대는 왕국 연합의 암살 부대로 기괴한 가면을 쓰고 다니는 게 특징이었다. 성준이 쓰고 있는 가면 또한 그들이 쓰고 다니는 것처럼 기괴했다.

입가에 섬뜩한 웃음을 그린 순백색 귀신의 가면이었다.

"암흑 살수대라…… 나쁘지 않군."

성준은 혼잣말처럼 중얼거렸다.

승강기 문이 열리자 서울역과는 다른 전혀 새로운 광경이 모습을 드러냈다. 지하임에도 불구하고 공간은 제법 넓었다.

중앙에는 큰 분수가 있었고 돌아다니는 사람들의 수도 많았다. 각 경매장으로 통하는 길이 잘 정비되어 있었고 숙박 등 여러 편의 시설의 모습도 볼 수 있었다.

'경매 현황판이…….'

성준은 경매 현황판부터 찾았다. 지하는 넓었지만, 안내원의 도움을 받아서 경매 현황판을 찾을 수 있었다.

경매장의 규모는 컸지만 등록된 물품의 수는 많이 없었고 경매가 자주 열리지도 않았다.

'독의 향연……?'

현황판을 살피던 성준의 시선이 익숙한 아이템 이름에 멈췄다.

독의 향연.

SS급인 '재앙의 성경'보다 한 단계 아래인 S급이지만 국가에서 제한하고 있는 대량 살상 아이템이었다.

'이것도 국가에서 관리하고 있던 아이템이었을 텐데……'

성준은 심각한 표정으로 기억을 더듬었다. 얼마 전에 읽었던 헌터닷컴의 게시글에 의하면 '독의 향연'도 '재앙의 성경'과 마찬가지로 대한민국 정부의 제한관리청에서 관리하고 있었을 것이다.

'누군가 아이템을 유출하고 있는 건가……?'

재앙의 성경에 이어서 독의 향연까지 유출되었다는 것은 누군가 내부 조력자가 있다는 것을 의미했다.

'이번이 끝이 아니겠지. 예전부터 계속 유출했을 거야.'

1명 이상의 내부 조력자가 있을 것이다.

일전에 정철과 만났을 때 그가 했던 말을 기억해 보면 내부 조력자는 예전부터 존재했을 것이다.

"리슈발트."

성준은 지나다니는 다른 사람들이 눈치채지 못할 정도의

작은 목소리로 말했다.

리슈발트는 둘러보는 것을 멈추고 성준에게 다가왔다.

-주군, 부르셨습니까?

"한 번 조사해 볼까?"

-무엇을 말입니까?

"대량 살상 아이템."

거창한 정의감 같은 게 아니었다. 그저 단순한 호기심이었다. '독의 향연'의 경매가 예정된 곳은 4번 경매장이었고 2시간 정도의 시간이 남아 있었다.

성준은 4번 경매장 근처의 카페에서 커피를 마시며 1시간 30분의 시간을 보낸 뒤, 경매 시작 30분을 앞두고 있을 때 4번 경매장 안으로 들어갔다.

"30분 후, 경매를 시작하겠습니다."

진행자의 목소리가 스피커를 타고 흘러나왔다.

성준은 의자에 등을 기댄 채 최대한 자연스러운 자세로 주변을 살폈다. 대부분이 수행원으로 보이는 소수의 사람과 함께였다. 홀로 온 사람은 성준을 제외하면 3명 정도에 불과했다.

"5분 후, 경매를 시작하겠습니다."

진행자가 말했다.

얼마 지나지 않아서 경매가 시작되었다. 처음에는 경매에 참여할 생각이었지만 100억부터 시작하게 되자 성준의 마음이 흔들렸고 경매가 150억을 넘겼을 때는 고개를 저으며 포기했다.

"낙찰! 43번 고객님! 축하드립니다!"

43번 고객을 제외한 모두가 4번 경매장에서 나왔다. 성준은 CCTV가 보이지 않는 곳에 몸을 숨긴 뒤, 미행을 위해 '은신'을 사용하려고 했다.

-주군! 은신을 감지하는 아이템이 갖춰져 있습니다.

"그런가……? 너무 쉬운 것 같기는 했어……."

은신의 사용이 불가능해졌지만, 성준은 당황하지 않았다. 기척을 죽이고 미행하는 건 익숙했다.

4번 경매장 앞의 카페 근처에서 기다리기 시작했다. 10분 정도 시간이 지나자 남자 5명이 보관함 하나를 들고 나왔다.

5명 중 4명은 수행원으로 보였다.

-3명은 B급 헌터입니다.

리슈발트가 보고했다.

그들은 출입구를 향해 걸음을 옮기기 시작했다. 성준이 들어왔던 승강기가 있는 방향이 아니었다.

성준은 먼저 빠르게 걸음을 옮겼다.

-먼저 올라가서 기다릴 생각이십니까?

"그래. 너는 저 사람들의 뒤를 쫓아라."

-알겠습니다.

리슈발트는 고개를 끄덕인 뒤, 성준과 멀어졌다.

성준은 5명의 남자를 앞질러가서 승강기를 타고 서울역으로 올라갔다.

마침 기차 도착 시간과 겹친 것인지 다수의 사람들이 내리고 있었다. 하지만 성준은 아이템을 낙찰받은 사람을 어렵지 않게 찾을 수 있었다.

리슈발트가 그들의 뒤를 따르고 있었기 때문이었다.

'근처에 있나⋯⋯?'

서울역을 벗어났기 때문에 성준은 변장용의 도수 없는 안경과 모자를 쓰고 은신을 사용해서 그들의 뒤를 쫓았다. 그들은 차량을 사용하지 않고 도보로 이동하고 있었다.

골목길로 들어선 순간, 그들이 몸을 돌려 성준이 있는 쪽으로 시선을 보냈다.

"비싸지만 은신 감지 아이템을 사두길 잘했어."

중앙의 남자가 말하기 무섭게 그를 수행하던 B급 헌터 3명이 일제히 손을 들어 올렸다.

"변형."

무기를 꺼내는 시동어와 함께 그들의 손에 검이 생겨났다.

'은신 탐지 아이템은 엄청 비싸고 희귀하다고 들었는데⋯⋯ 설마 가지고 있을 줄이야⋯⋯.'

성준은 은신을 해제하지 않았다. 그들이 아이템으로 은신을 탐지하긴 했지만 정확한 위치는 모를 것이라 생각했다.

"애들아, 뒤를 부탁한다."

중앙의 남자와 보관함을 들고 있던 남자는 물러났다.

"은신만 믿고 있는 것 같은데 순순히 모습을 드러내는 게 좋을 거다."

성준은 은신을 거뒀다. 도발에 넘어간 것은 아니었다.

"압도적인 게 뭔지 보여줄게."

성준이 말했다.

4장
위험인물

"압도……? 자기가 S급 헌터라도 된다는 것처럼 말하네?"

B급 헌터 하나가 성준을 비웃었다.

도수 없는 안경과 모자를 착용하고 있어서 그런지 S급 헌터인 성준을 알아보지 못한 것이었다. 더군다나 성준이 마력을 숨기는 실력은 고위 마법사 수준이었기 때문에 마력으로 실력을 짐작하는 것도 쉽지 않았다.

"기대해도 좋아."

"지금 무슨 말을…… 컥……?"

헌터는 말을 끝까지 잇지 못했다. 가슴에서 느껴지는 아릿한 통증에 고개를 숙이자 갈비뼈를 부수고 깊게 파고든 단검이 눈에 들어왔다.

순식간에 벌어진 일이었다.

"헉!"

"이, 이게 무슨!"

가슴에 단검이 박힌 헌터는 힘없이 쓰러졌다. 남은 2명은 당혹감을 감추지 못했다. 성준이 단검을 뽑는 동작조차 보지 못했기 때문이었다.

성준은 그런 모습을 보며 입가에 싸늘한 미소를 머금었다.

"말했지? 압도적인 게 뭔지 보여주겠다고."

그렇게 말하는 성준의 손에는 로엘이 들려 있었다. 마력을 끌어 올리자 선명한 오러가 깃들어 춤을 췄다.

"제기랄!"

헌터 한 명이 욕설과 함께 오러를 켰다. 남은 한 명은 오러 사용자가 아닌 모양이었다.

"내가 시간을 벌겠다. 너는 도련님한테 이 사실을 알려."

"알겠습니다."

오러를 켠 헌터가 다급하게 말했다. 추격자의 실력이 생각보다 월등히 뛰어나다는 사실을 전할 필요가 있었다.

다른 헌터는 하얗게 질린 얼굴로 도주를 위해 몸을 돌렸다. 하지만 성준이 어느새 그의 앞을 가로막고 있었다.

"누구 마음대로?"

성준은 검을 고쳐 잡으며 입꼬리를 끌어 올렸다. 사소한 동작이었지만 남은 2명에게 공포를 심기에 충분했다.

"으, 으아아아아!"

오러를 사용하지 못하는 쪽이 먼저 검을 휘둘렀다. 호기롭게 휘둘렀지만, 성준은 너무나 여유롭게 피했다.

그리고 곧바로 반격이 가해졌다.

"커, 컥……!"

검을 휘두른 사실조차 목에서 심한 고통이 느껴진 뒤에서야 깨달았다. 그는 붉은 피를 쏟아내며 쓰러졌다.

이제 오러를 사용할 수 있는 헌터 홀로 남게 되었다.

"제, 제기랄!"

그는 욕설을 내뱉는 거 외에는 아무것도 할 수 없었다. 압도적인 공포가 그를 지배했다. 단순히 죽을 수도 있다는 생각이 드는 게 아니었다.

'반드시 죽는다.'

그의 죽음은 확정된 사실이나 다름없었다. 두려움을 잊기 위해서 검을 세게 쥐었지만, 소용없었다.

1초라는 짧은 시간 동안 많은 생각이 들었다. 하지만 결과는 변하지 않았다.

"크윽!"

성준의 검이 가슴에 꽂혔다. 피하기는커녕 공격하는 순간조차 눈에 담지 못했다. 일격에 심장을 관통당한 고통이 전신으로 퍼졌다.

심장에서 검을 뽑아내자 그는 힘없이 쓰러졌다.

성준은 검에 묻은 피를 한 차례 털어낸 뒤, 반지의 형태로 변환했다. 그는 골목길을 벗어나기 위해 발걸음을 옮겼다.

리슈발트를 미행으로 붙였으니 곧 소식이 올 것이다. 아니나 다를까, 골목길을 벗어나 2시간 정도 기다리자 리슈발트가 모습을 드러냈다.

-주군.

"조용한 곳으로 가자."

성준은 작은 목소리로 말한 뒤, 먼저 걸음을 옮겼다. 사람들이 많이 모여 있는 번화가에서 벗어난 그는 리슈발트를 보며 입을 열었다.

"미행은?"

-교란을 위해서인지 여러 지점을 경유했지만, 최종 목적지까지 미행했습니다.

"어디였지?"

-안내하겠습니다. 차량으로 이동해야 합니다.

리슈발트의 말에 성준은 자신의 차를 몰고 왔다. 리슈발트가 안내를 시작했고 성준은 얼마 지나지 않아서 10층 빌딩 근처에 도착할 수 있었다.

-여기입니다.

"확실해?"

성준의 물음에 리슈발트는 대답 대신 강한 확신이 깃든 표정으로 고개를 끄덕였다. 성준은 근처에 차를 주차하고는 빌딩을 살폈다.

"생각보다 거물이 관여한 거 같네……."

'일성 길드 하우스'라는 글자를 발견한 성준은 눈살을 찌푸리며 혼잣말을 중얼거렸다.

일성 길드는 대한민국의 재계를 잡고 있는 대기업, 일성 그룹의 지원을 받는 길드로 14위에 랭크되어 있었다.

-마정검 수여식에 참여했던 길드군요.

"그래."

성준은 두 눈을 가늘게 뜨고 일성 길드 하우스를 살폈다. 10층까지 있는 빌딩이었는데 1층에는 이른 시간임에도 불구하고 무장한 경비원들이 주변을 순찰하고 있었다.

"내부는?"

성준의 물음에 리슈발트는 고개를 숙이며 입을 열었다.

-평범한 길드 하우스였습니다.

"특별한 곳은?"

-제한 구역이 몇 곳 있었습니다. 하지만 마력의 간섭이 심해서 정찰할 수 없었습니다.

"마법진인가……."

성준은 눈살을 찌푸렸다.

리슈발트가 접근하지 못할 정도의 마법진이 각인되어 있다. 그리고 방금 전 대량 살상 아이템을 운반했던 남자도 비쌀 뿐만 아니라 희귀한 은신 탐지 아이템을 가지고 있었다.

아마 길드 하우스에도 설치되어 있을 것이다.

'도대체 뭘 숨기려고 하는 건지……'

성준은 심각한 표정으로 빌딩을 위아래로 살폈다. 그리고 다시 어딘가로 차를 몰았다. 일성 길드 하우스에서 멀리 벗어난 성준은 차를 주차한 뒤, 어딘가로 전화를 걸었다.

-예, 박정철입니다.

전화를 받은 사람은 정철이었다.

"저번에 저한테 이야기했던 것 때문에 할 이야기가 있습니다. 일단 만나죠."

-알겠습니다. 장소를 메시지로 보내드리겠습니다.

짧은 설명조차 없었지만, 정철은 성준의 의도를 알아챘다. 만날 장소를 메시지로 보낸다고 말한 뒤, 전화를 끊었다.

이윽고 정철에게서 주소가 적혀 있는 메시지가 도착했다.

'가깝네.'

차로 20분 정도 걸리는 거리였다. 성준은 그 장소를 향해 망설임 없이 차를 몰았다. 주소에 도착한 그는 근처에 차를 주차해둔 뒤, 정철을 기다렸다.

-옵니다.

리슈발트가 말했다. 그는 언제나 성준의 곁에 있었기 때문에 정철의 얼굴도 알고 있었다. 성준은 대답 대신 고개를 끄덕였고 얼마 지나지 않아서 조수석 문이 열리고 정철이 탑승했다.

"생각보다 일찍 오셨네요."

"마침 근처에 있었습니다."

정철은 성준의 물음에 대답하며 그에게 시선을 보냈다.

"대량 살상 아이템을 확보하신 겁니까?"

"그건 아닙니다."

정철의 물음에 성준은 고개를 저었다.

"하지만 어디서 확보했는지 알아냈습니다."

"미행하는 게 쉽지는 않았을 텐데요."

VIP 경매장 안에는 은신 탐지 아이템이 설치되어 있을 뿐만 아니라 실력이 뛰어난 헌터들이 다수 지키고 있었다. 그리고 경매에 참석하는 이들은 대부분 실력 있는 수행원들을 데리고 다니기 때문에 미행이 쉽지 않았다.

정철도 그 사실을 잘 알고 있었기 때문에 미행에 성공했다는 성준의 말에 놀란 얼굴이었다.

"미행을 잘하는 조력자가 있어서요."

리슈발트를 말하는 것이었다.

"그 조력자, 믿을 수 있습니까?"

"절대로 저를 배신하지 않습니다. 장담할 수 있습니다."

최후의 순간까지 배반하지 않았던 충직한 부관의 모습을 기억하고 있었기에 성준은 확신을 담아서 말할 수 있었다.

"그렇다면 다행입니다."

정철은 고개를 끄덕였다.

"저는 S급 아이템, '독의 향연'을 낙찰받은 사람을 미행했습니다."

"오늘 '독의 향연'이 경매에 나온다는 소리는 들었습니다. 그래서…… 낙찰받은 사람은 누구였던가요?"

"'독의 향연'이 최종적으로 향한 곳은 일성 길드였습니다. 어쩌면 일성 그룹이 관련되었을지도 모릅니다."

성준의 말에 정철은 심각한 표정으로 입을 열었다.

"거물이 관련되었을 거라고는 생각했지만, 일성 그룹일 줄은 몰랐습니다."

"아직은 모릅니다. 길드에서 독단으로 행동했을 수도 있지 않겠습니까?"

"일성 그룹은 길드에 제법 많이 간섭한다고 알고 있습니다. 적어도 그룹 내부의 간부가 관여했을 가능성이 큽니다."

정철은 조심스럽게 추측했다.

"이제 어떻게 하시겠습니까?"

정철이 조심스럽게 물었다.

성준은 두 눈을 가늘게 뜬 채 고민에 잠겼다. 처음에는 호기심으로 움직였지만 거대한 음모에 관여하는 것 같아서 깊게 관여하는 것은 내키지 않았다.

"일단 저는 여기까지 하겠습니다. 저도 해야 할 일이 많아서요."

성준은 정중하게 거절의 뜻을 말했다.

정철은 고개를 끄덕이며 입을 열었다.

"이해합니다. 하지만 언제라도 좋으니 생각이 변하게 되면 다시 연락 주세요."

아쉬운 목소리였지만 성준을 이해한다는 표정이었다.

성준은 대답 대신 고개를 끄덕였다.

"저는 이만 가보겠습니다."

정철은 조수석에서 내렸다. 그리고 성준은 오피스텔을 향해 차를 몰았다.

-공략 확인, 계측 완료. B급 던전을 클리어하셨습니다.

계측기가 반응했다. 성준은 리슈발트를 향해 시선을 옮겼다. 리슈발트는 아무 말 없이 고개를 저었다.

B급 던전을 홀로 클리어했지만, 동조율이 1%도 오르지 않

은 것이었다. 동조율이 높아질수록 올리는 게 힘들어졌다. 하지만 그만큼 동조율이 올랐을 때 많이 강해졌다.

"일단 나가자."

성준은 아쉬움을 뒤로 한 채 던전에서 나왔다.

대기하고 있던 직원에게 보고를 하고 던전 관리국으로 가서 마정석을 정산했다.

주차되어 있던 헌터 세단의 운전석에 앉은 성준은 메시지가 도착한 사실을 뒤늦게 깨닫고 스마트폰을 확인했다.

[던전이신가 봐요? 나오시는 대로 전화 좀 주세요.]

설아였다. 그녀와는 좋은 협력 관계를 유지하고 있었다.

성준은 출발하기 전에 용건을 확인하기 위해 통화 버튼을 터치했다.

-던전에서 나오셨나 봐요?

"예, 무슨 일이시죠?"

-그동안 너무 연락을 안 하고 지낸 것 같아서요. 시간 나면 영화나 같이 볼래요?

"공식적인 일입니까?"

성준의 물음에 설아는 잠깐 동안 말이 없었다.

-네, 공식적인 일이에요.

하지만 이내 스마트폰 너머로 그녀의 목소리가 전해졌다. 목소리에서 잠깐의 망설임을 포착했지만, 성준은 그 이유를 알 수 없었다.

"좋습니다. 안 그래도 며칠은 쉬려고 했습니다. 언제 시간이 되십니까?"

-전 내일도 괜찮아요.

설아가 대답했다.

그녀의 할아버지이자 청룡 그룹의 회장인 태석은 성준과 관련된 일이면 편의를 많이 봐주고 있었다.

"그러면 내일로 하죠. 보고 싶은 영화라도 있으십니까?"

-'작가 정규현'이 개봉했던데…… 주변에서 괜찮다네요.

"'작가 정규현'이라……."

성준은 말끝을 흐렸다.

솔직히 그는 영화에 대해서 잘 몰랐다. 지금까지 영화에 관심을 가져본 적도 없었다.

가난했던 시절, 그에게 영화는 사치였었다.

'이제는 괜찮지.'

추억은 아니지만, 과거는 아련한 맛이 있었다. 하지만 자주 회상하고 싶지는 않았다. 그는 부드러운 미소를 머금은 채 고개를 저으며 운전대를 잡았다.

"좋습니다. 제가 예매를 하겠습니다."

-아니요. 제가 예매할게요.

"알겠습니다."

귀찮은 절차가 하나 사라졌다. 성준의 목소리에서 반가움이 묻어 나왔다. 오피스텔에 도착하기 무섭게 약속 장소와 시간이 적힌 메시지가 도착했다.

"이걸 데이트라고 할 수 있을까……?"

메시지를 확인하며 성준은 복잡한 생각에 잠겼다.

어둠 속에서 3명의 남자가 나타났다.

한 명은 키가 컸고 한 명은 작았으며, 남은 한 명은 안경을 쓰고 있었다. 어둠이 짙어서 그들의 얼굴을 알아보기는 힘들었다. 다만 수상한 일을 모의하는 것인지 주변을 살피는 등, 행동이 조심스러웠다.

"미행이 붙었다고 들었습니다."

안경을 쓴 남자가 묻자 키가 작은 남자가 고개를 끄덕였다.

"네. CCTV에도 잡히지 않았습니다. '천리안'이 아니었다면 눈치채지 못했을 겁니다."

"미행은 누구였습니까?"

이번에는 키가 큰 남자가 물었다.

"타고 있던 차량 번호판만 간신히 알아냈습니다. 조회를 시도했지만 실패했습니다."

"'천리안'을 사용했는데도 그 정도라는 말입니까?"

안경을 쓴 남자가 질책하자 키가 작은 남자는 고개를 숙이며 입을 열었다.

"죄송합니다. 미행에 특화된 능력을 가진 헌터 같습니다."

"운반을 수행하던 B급 헌터 3명도 당했습니다. 적어도 A급의 실력자로 보입니다."

키가 큰 남자가 보고했다.

"'독의 향연'이 우리 손에 들어왔다는 게 알려지면 곤란합니다."

안경 낀 남자가 말했다. 분위기는 심각해졌고 키가 작은 남자가 입을 열었다.

"제거할까요?"

"당연히 제거해야지요. 헌터들을 지원해드리겠습니다. A급 헌터 2명에 B급 헌터 3명이면 충분하고도 남을 겁니다."

키가 큰 남자가 말했다.

획득한 정보는 차량의 번호판밖에 없었기 때문에 그들은 상대가 S급 헌터인 성준이라는 것을 알지 못했다.

그저 B급 헌터 3명이 당한 사실을 보고 받고 막연하게 A급이라고 추정하고 있을 뿐이었다.

그 판단은 그들의 치명적인 실수였다.

성준은 약속 시간보다 20분 정도 일찍 도착했다. 하지만 오래 기다리지는 않았다. 설아도 일찍 도착했기 때문이었다.

"일찍 오셨네요?"

설아는 환한 미소와 함께 등장했다. 던전에서 죽음의 위기를 넘겼지만, 그녀는 미소를 잃지 않았다.

물론 충격으로 인해 성격이 조금 변하면서 미소 짓는 일이 많이 줄어들기는 했다.

"딱히 할 일도 없어서 빨리 왔습니다."

성준의 담백한 반응에 설아는 피식 웃으며 다가왔다.

"시간이 조금 남았는데 커피나 마실까요?"

"좋습니다."

성준은 설아의 제안에 고개를 끄덕였다. 두 사람은 건물 내부의 카페로 갔다.

"오늘은 왜 모자를 쓰고 나왔어요?"

"머리를 안 감아서요."

"너무 솔직하시네요."

설아는 너무나 솔직한 성준의 모습이 서운한 것인지 자신도 모르게 입술을 삐죽 내밀었다. 자신에게 감정이 있었다면 이렇게 솔직하지는 않았을 것이라 생각했다.

영화 시간이 다가오면서 짧은 티타임이 끝났다.

두 사람은 영화관 안으로 들어가서 영화를 감상했다. 구석진 커플석이었지만 아무런 일도 일어나지 않았다.

영화가 끝났을 땐 오후 10시가 넘은 시간이었다.

'조금은 서운하네……'

설아는 영화관을 나오며 생각했다. 조금씩 마음이 움직이고 있는 그녀와 달리 성준은 여전히 '업무'의 일종으로 보고 있었다.

처음부터 그렇게 선을 그어놓은 쪽은 그녀였다. 그래서 불평은 속으로 삼킬 수밖에 없었다.

"데려다줄 거죠?"

설아가 물었다.

"어렵지는 않습니다. 그런데 다들 어디 갔습니까?"

"휴가 보냈어요."

"그랬군요. 알겠습니다. 일단 타시죠."

짧게 대화를 이어가는 동안 성준이 주차해놓은 헌터 세단에 도착했다.

"타시죠."

성준이 먼저 운전석에 탑승했다. 뒤이어 설아가 조수석에 탑승하자 그는 운전대를 잡고 차를 출발시켰다.

그는 설아가 불러준 주소를 향해 차를 운전했다.

"경호원들은 여전히 바쁘네요."

성준이 말했다.

영화관에서도 지켜보는 시선이 느껴졌고 지금도 승합차가 조심스럽게 성준의 뒤를 따라오고 있었다.

"오늘은 수행원들 아무도 데려오지 않았어요."

멀리서나마 수행원들이 있으면 '데이트'하는 것 같은 기분을 낼 수 없었기 때문에 이번에는 조금 무리해서 혼자 나왔었다.

"그렇습니까……?"

설아의 대답에 성준은 심각한 표정을 지었다.

뒤따르는 자들이 설아의 수행원들이 아니라면 '미행'이라는 의미였다.

'귀찮게 되어 버렸군.'

지금 상황에서 미행할 만한 이들은 일성 길드밖에 없었다.

성준은 입술을 살짝 깨물었다.

미행은 리슈발트가 했으니 완벽했을 것이다. 그렇다면 B급 헌터와의 전투에서 흔적을 남겼거나 일성 길드 주변에 주차했을 때 뭔가 수상한 낌새를 포착당했을 확률이 높았다.

성준은 후자의 경우로 보고 있었다.

"미행이 있습니다."

"미행이요?"

"자세한 설명은 할 수 없지만, 저 때문입니다."

성준은 백미러를 확인했다.

수상한 승합차는 여전히 뒤따라 오고 있었다. 은밀하게 움직이고 있었지만, 성준의 눈을 피할 수는 없었다.

"이대로 가면 윤설아 씨한테 피해가 갈 수도 있을 겁니다. 귀찮더라도 제가 중간에서 처치하겠습니다."

"고마워요."

설아는 성준의 목소리에서 진심 어린 걱정을 느꼈다.

미행 중인 이들과 곧 전투가 벌어질 것을 알면서도 그녀가 얼굴을 살짝 붉힐 수 있는 이유는 성준을 신뢰하기 때문이었다.

그녀는 성준의 보호가 얼마나 안전한지 알고 있었다.

"좀 어두운 곳으로 들어가겠습니다."

성준은 으슥한 골목 쪽으로 차를 몰았다.

'다른 목적이 있는 건가?'

어두운 골목길로 들어섰다는 것은 미행을 눈치챘다는 것을 드러내고 있는 것이나 마찬가지였다.

일반적으로 미행 중인 사실이 들통났을 때 물러나는 게 상식이었지만 지금 성준의 뒤를 쫓고 있는 자들은 오히려 으슥한 곳으로 들어오기 무섭게 속도를 올려 거리를 좁히고 있었다.

-미행이 아니라 암살이 목적인 것 같습니다.

리슈발트가 말했다.

성준도 그의 생각에 동의했다. 옆에 설아가 타고 있었기 때문에 그는 대답 대신 아주 작게 고개를 끄덕였다.

성준은 차를 멈춘 뒤, 운전석에서 내렸다.

"나와."

뒤따르던 승합차도 멈추고 5명의 남자가 내렸다.

"누가 보냈어?"

"그걸 말해줄 거라고 생각하나?"

미행자 중 리더로 보이는 이가 대답했다. 여전히 모자를 쓰고 있었기 때문에 그들은 성준이 S급 헌터라는 사실을 눈치 못 채고 있었다.

그리고 성준은 마력을 숨기는 기술 또한 뛰어났다. 알아낼 수 있을 리가 없었다.

-모두 헌터입니다. A급 2명에 B급 3명입니다.

리슈발트가 그들의 마력을 측정해서 보고했다.

'내가 S급 헌터인 걸 모르고 있는 것 같은데……?'

A급 헌터 2명에 B급 헌터 3명이면 강력한 전력이었지만 S급 헌터를 상대하기엔 턱없이 부족했다.

"우릴 너무 원망하지 마라."

"그건 내가 할 말이다."

A급 헌터가 고속 이동술을 펼치려는 순간 성준이 번개와 같

은 속도로 오러가 깃든 단검을 투척했다.

"시, 실드!"

성준을 향해 공세를 펼치려고 했던 A급 헌터는 자신의 목을 노리고 쇄도하는 단검을 보고는 다급하게 실드를 펼쳤다.

고유의 특수 능력인지 아니면 아이템의 능력인 것인지 알수는 없었지만, 성준의 단검 투척을 막아냈다.

"회수!"

성준은 단검을 회수했다.

공격을 받지 않은 A급 헌터 한 명과 B급 헌터 2명이 무기를 들고 성준에게 쇄도했다. 남은 B급 헌터 1명은 사제복을 입고 있는 것으로 보아 힐러인 것 같았다.

'힐러라…… 귀찮게 되었네.'

적으로 만난 힐러는 성가신 존재였다. 그래서 먼저 죽이는 것을 권장하고 있지만 지금 성준은 지켜야 할 사람이 있는 탓에 행동반경을 넓히기 힘들었다.

그래서 그가 생각해낸 대응 방법은 하나였다.

'일격에 죽인다.'

죽으면 힐을 받아도 회복할 수 없다. 그것이 성준의 노림수였다.

A급 헌터의 몸이 성준을 향해 쇄도했다. 그가 빠르게 스텝을 밟자 4개의 잔상이 생겨났다. 교란 목적으로 보였다.

"하하하!"

본체와 4개의 잔상이 일제히 오러가 깃든 검을 들어 올렸다. 일반인들은 본체와 잔상의 구별이 힘들겠지만, 성준의 눈에는 보였다.

본체를 포착하기 무섭게 성준은 매섭게 검을 휘둘렀다.

"끄아아악!"

휘둘러진 검이 A급 헌터의 왼팔을 잘랐다. 처음 목을 노리는 검을 간신히 보고 방어 자세를 취했지만, 그것은 속임수였다.

중요한 순간에 검은 궤적을 틀었고 깨달았을 때는 이미 왼팔이 잘려 나간 뒤였다.

"히, 힐⋯⋯!"

후방에서 전투를 지켜보고 있던 B급 회복계 헌터가 다급하게 '힐'을 외쳤으나.

"이미 늦었어."

성준의 검은 자세가 무너진 A급 헌터의 목을 꿰뚫었다. 목이 관통당하면서 순식간에 목숨을 잃었다.

실드를 펼쳤던 A급 헌터 1명과 다른 B급 전투계 헌터 2명이 급히 성준을 향해 고속 이동술을 펼쳤다.

"여긴 우리가 맡는다! 너는 차 안의 여자를 인질로 잡아!"

A급 헌터가 B급 헌터 1명에게 지시했다. 지시를 받은 B급 헌터가 성준의 뒤편에 위치한 헌터 세단으로 향했고 남은 이

들은 성준을 상대하기 위해 그의 앞을 막았다.

"버티는 건 자신 있다."

A급 헌터는 자신감 넘치는 목소리로 말했다. 그의 특수 능력이 몇 개인지는 알 수 없었지만 그중 하나가 '실드'인 것은 확실했다.

그와 함께 성준을 막아선 B급 헌터도 오러 사용자였다.

만만치 않은 상대들이었지만 성준은 여유롭게 웃으며 검을 고쳐 쥐었다. 그는 천천히 자세를 취하며 입을 열었다.

"2초면 충분해⋯⋯."

"무슨⋯⋯ 커헉!"

B급 헌터가 피를 쏟으며 쓰러졌다. 성준이 '섬광 베기'를 사용한 것이었다.

'거, 검이 보이지 않았어⋯⋯?'

A급 헌터는 당황할 여유도 없었다. 바로 다음 공격이 그에게 쇄도하고 있었다.

"실드!"

"환영검."

12개의 칼날이 소환되어 실드를 두들겼다.

"크, 크아악!"

실드가 처참하게 박살 나고 성준의 검이 그의 어깨를 꿰뚫었다. A급 헌터가 고통에 찬 비명을 내지르는 순간 어느새 날

아든 단검이 그의 목을 스치고 지나갔다.

끝이 아니었다.

성준은 헌터 세단을 노리는 자를 향해 단검을 던지는 연격을 펼쳤다.

"큭!"

단검이 뒤통수에 꽂히자 힘없이 쓰러지는 헌터의 모습을 확인한 성준은 B급 회복계 헌터를 향해 시선을 옮겼다.

그는 극도의 두려움에 도망치는 것조차 잊고 바닥에 주저앉아서 벌벌 떨고 있었다. 바지는 축축하게 젖어 있었다.

성준은 빠르게 그와의 거리를 좁혔다.

"마, 말할 수 없다……!"

두려움이 지배하고 있지만 제대로 된 훈련을 받은 것인지 그는 강인한 모습을 보이려고 노력했다. 성준은 그를 보며 고개를 끄덕이더니 차분한 표정으로 입을 열었다.

"알고 있어."

그리고 검을 휘둘러 그의 목을 쳤다.

비명조차 지르지 못하고 힘없이 쓰러지는 그 모습을 보며 성준은 냉소를 흘렸다. 그리고 왼손을 들어 올렸다.

"흡수."

마력이 흡수되었다.

-동조율이 1% 상승하여 38%가 되었습니다.

흡수가 끝나자 리슈발트가 보고했다. 동조율이 상승했다는 소식에 성준은 만족스러운 표정으로 고개를 끄덕였다.

'역시 인간 사냥이 동조율 올리기 가장 좋네.'

성준은 정철에게 청소부가 필요하다는 메시지를 보낸 뒤, 세단으로 다가가 문을 열어 설아의 상태를 확인했다.

그녀는 무사했다.

"괜찮으십니까?"

성준의 물음에 설아는 입가에 희미한 미소를 그렸다.

"오늘도 저를 구해주셨네요."

키 작은 남자와 키가 큰 남자, 그리고 안경을 낀 남자가 어둠 속에서 다시 만남을 가졌다.

작은 전등 하나가 어둠을 조금이나마 밀어내고 있었다.

그래서 희미하게나마 세 남자의 표정을 살필 수 있었다.

모두 심각한 표정이었다.

"암살을 위해 움직였던 헌터들이 모두 죽었습니다. 시체조차 찾을 수 없었습니다."

키가 작은 남자가 말했다.

"A급 헌터 2명에 B급 헌터 3명이 죽었다고요? 상대는 A급 헌터가 아니었습니까?"

안경을 낀 남자가 고개를 저으며 말했다. 키가 작은 남자는 힘없이 고개를 숙이며 입을 열었다.

"착오였습니다. 대상은 14위의 S급 헌터, '정당방위' 강성준이었습니다."

"S급 헌터를 건드렸다는 말입니까?"

안경을 낀 남자가 놀란 목소리로 말했다.

S급 헌터는 대한민국을 뒤흔들 수 있는 무력을 가진 존재들로 국가에서도 함부로 하지 못하는 무서운 존재들이었다. 더군다나 이번에 14위로 S급 헌터가 된 성준은 괴물 같은 성장 속도로 유명했다.

"고작 S급 헌터 한 명에게 겁을 먹으신 겁니까? 저희 길드 집행부에도 실력 있는 헌터들이 많습니다. 다소의 피해가 있더라도 A급 헌터들을 다수 투입하면 될 겁니다."

키가 큰 남자가 말했다.

그의 목소리에서 길드를 향한 자부심과 자신감을 찾아볼 수 있었다. 그들이 소속된 길드 집행부에는 뛰어난 실력의 헌터들이 많이 소속되어 있기는 했지만 전 병력을 동원할 수 없다는 단점이 있었다.

지금도 랭킹 20위 안의 길드들은 비공식적으로 눈에 보이지 않는 어둠 속의 전쟁을 이어가고 있었다.

"당장은 물러나야 하지 않겠습니까?"

안경 낀 남자가 말했다. 그는 S급 헌터와의 트러블을 두려워하고 있었다.

하지만 키가 작은 남자는 고개를 저으며 입을 열었다.

"강성준 암살 시도가 우리 쪽의 소행이라는 것을 알고 있을 겁니다. 그의 성격상 그냥 넘어가지는 않을 겁니다."

그는 성준의 성격을 정확하게 파악하고 있었다.

'정당방위' 사건은 유명한 편이었기 때문에 조금만 신경 쓰면 관련 자료를 찾을 수 있었다. 그는 이미 조사를 끝냈다.

"대책을 마련해야 합니다."

"대책이랄게 뭐가 있습니까? 그냥 길드의 힘으로 박살 내면 되는 거 아니겠습니까?"

키가 큰 남자가 말했다.

하지만 지금 상황은 그렇게 단순하지 않았다.

"S급 헌터는 1인 군단이라고 말해도 부족하지 않을 정도입니다. 저희는 조금 더 긴장해야 할 필요가 있습니다."

키 작은 남자가 차분하게 말했다.

"아무튼! 지금부터 S급 헌터 강성준을 위험인물로 선정하겠습니다. 그리고 모든 상황은 본부장님께 보고될 겁니다."

키 큰 남자는 입술을 살짝 깨물더니 입을 열었다. 남자의 말을 끝으로 회의가 끝났다.

설아와 만났던 다음 날 성준은 정철에게 전화를 걸어서 약속을 잡았다. 마침 정철은 던전 공략이 끝나고 휴식 기간이었기 때문에 흔쾌히 응했다.

성준은 경매장 근처에 차를 주차해두고 운전석에서 내려 11월의 밤바람을 쐬면서 정철을 기다렸다.

-어떻게 할 생각이십니까?

약속 시간까지는 20분 정도 남았고 정철의 모습은 보이지 않았다. 정철을 기다리며 밤공기에 취한 듯 서성이는 성준을 보며 리슈발트가 조심스럽게 질문을 던졌다.

"다 죽여야지."

주변에 사람이 없는 것을 확인한 성준은 리슈발트의 말에 대답했다. 그는 자신에게 송곳니를 드러낸 자들을 살려줄 마음이 없었다. 지금까지 계속 그렇게 해왔고 앞으로도 계속.

-동의합니다. 감히 주군께 검을 겨눈 죄는 무겁습니다. 철저하게 응징해야 합니다.

리슈발트도 단호하게 말했다.

그의 목소리에는 분한 감정이 가득했다. 전생부터 모셔왔던 주군인 성준에게 감히 적의를 드러낸 이들을 스스로의 힘으로 벌할 수 없다는 사실이 무력감을 느끼게 했다. 영혼인 그가 지금 할 수 있는 것은 그저 성준의 말에 동조하며 분한 감정을 토로하는 것뿐이었다.

"응징해야지."

성준은 리슈발트의 말에 대답하며 고개를 끄덕였다. 가방에서 캔커피를 꺼내 마시고 있자 얼마 지나지 않아서 정철이 모습을 드러냈다.

성준은 말없이 운전석에 탑승했고 정철도 자연스럽게 조수석에 탑승했다.

"생각보다 빨리 뵙게 되었군요."

"그러게 말입니다. 하나 마시겠어요?"

성준은 캔커피를 하나 더 꺼냈지만, 정철은 미소를 지으며 고개를 저었다.

"마음만 받겠습니다. 요즘 매일 같이 중독자 수준으로 커피를 마시고 있어서요."

최근 일이 많아서 야근을 자주 하다 보니 커피를 많이 섭취할 수밖에 없었다.

"시체는 조사해 봤습니까?"

성준을 죽이려고 시도했던 헌터 5명의 시체를 처리한 사람들은 정철의 부하들이었다. 뭔가 나왔을지도 모른다는 기대감을 품고 질문한 것이었지만 정철의 표정은 어두웠다.

"조사해 봤지만 아무것도 나오지 않았습니다. 하지만 강성준 씨가 겪은 정황상 '일성'과 관련된 이들이 분명하지 않겠습니까?"

"정황 증거는 있지만 저는 뭐든 확실한 게 좋다고 생각합니다."

"맞습니다."

성준의 말에 정철은 고개를 끄덕였다.

"이번 일에 개입하겠습니다. 대신 일이 해결되면 '일성'에서 가지고 있는 대량 살상 아이템 하나를 저한테 넘기시죠."

성준이 말했다.

대량 살상 아이템은 다수의 인명을 해치는 것에 특화되어 있다. 바꿔 말하면 제국과의 전투에서 요긴하게 쓸 수 있다는 게 된다.

'일성'이 먼저 그를 공격해서 움직인다고는 하지만 정철에게서 보상까지 받을 수 있다면 일거양득이었다.

"대량 살상 아이템을 달라는 말씀이십니까?"

정철은 내키지 않은 표정이었지만 이내 고개를 저었다. 그가 허락하지 않는다고 해도 성준이 홀로 일성 그룹과 길드를 공격하여 대량 살상 아이템을 취할 수도 있었다.

성준이 많이 배려해 주었다는 사실을 깨달은 그는 곧 고개를 끄덕이며 입을 열었다.

"좋습니다. 일이 해결되면 원하시는 대량 살상 아이템을 하나 양도하겠습니다. 그리고 저희 또한 이번 일에 지원을 아끼지 않겠습니다."

"어떤 종류의 지원이 가능합니까?"

문득 궁금해져서 질문하자 정철은 입가에 미소를 그렸다.

"비밀 경매장을 운영하려면 정보는 필수입니다. 믿을 만한 정보원들이 많습니다. 강성준 씨를 도와줄 겁니다."

그를 알고 있는 대부분의 사람들이 모르는 사실이었지만 정철은 많은 정보원을 보유한 사설 정보기관도 운영하고 있었다.

"든든하네요."

성준의 목소리에서 진심이 묻어 나왔다.

그에게 무력은 충분했지만, 정보력이 부족했는데 정철이 그 부분을 채워줄 수 있을 것 같았다. 정철은 품속에서 서류가 정리된 파일을 하나 꺼냈다.

전자화된 문서는 해킹의 위험이 있기에 종이 문서를 가지고 다니는 정보원들이 아직도 많은 편이었다.

"제 정보원들이 '일성'에 대한 조사를 시작했습니다. 지금까지는 그룹의 정보를 빼내는 건 힘들었지만, 길드의 정보는 어느 정도 확보할 수 있었습니다."

정철은 서류 한 장을 꺼내서 빠르게 훑었다. 그리고 성준을 보며 입을 열었다.

"보안이 철저해서 많은 것을 알아내지는 못했습니다. 하지만 그룹에서 상당량의 자금이 흘러들어 왔고 특수 활동비 명목으로 대부분이 사용되었다는 것을 확인할 수 있었습니다."

"그룹에서 빼돌린 자금으로 대량 살상 아이템을 구입한 것이군요."

"확신할 수는 없지만, 정황상 그럴 가능성이 큽니다."

정철은 확언하지 않았다. 그는 신중한 성격이었다.

"내부에 조력자가 있겠네요."

성준의 말에 정철은 고개를 끄덕였다.

"동원된 자금이 엄청난 금액입니다. 전략사업 본부에서도 고위급 인물이 관여했을 겁니다."

"그렇다면 전략사업 본부장인 김도혁이 관련되었을 확률이 높겠네요."

"충분히 가능성 있는 일입니다. 최근 김도혁은 후계 다툼에서 우위를 차지하기 위해 노력 중이었으니까요. 동기는 충분합니다."

최근 일성 그룹 회장의 건강 상태가 나빠지면서 후계 경쟁이 가속화되고 있었다. 도혁은 그룹을 승계받기 위해 뭔가 큰 걸 한 방 준비하고 있는 것 같았다.

"일성 전체가 관여한 것은 아닙니다. 그건 확실합니다."

정철은 확신했다. 성준도 고개를 끄덕였다.

"정보 수집은 맡기겠습니다. 무력이 필요한 일에는 제가 나서도록 하죠."

"알겠습니다."

정철이 조수석에서 내리자 성준은 오피스텔 주차장으로 차를 몰았다. 주차를 끝내고 승강기를 타고 올라갔을 때, 그의 현관문 앞에 서 있는 누군가를 발견할 수 있었다.

-A급 헌터입니다.

노랗게 물들인 단발의 여성이었다. 그녀는 성준의 기척을 느끼고 승강기 쪽을 향해 시선을 보냈다.

"일성 길드 집행부의 하지연입니다. 잠깐 시간 괜찮으십니까?"

자신이 집행부 소속이라는, 군이 숨겨도 되는 사실을 그녀는 일부러 드러내고 있었다. 그것은 작은 협박이었다.

성준은 눈동자를 움직여 차분하게 주변을 훑었다.

'10명 정도……?'

조금 전에는 몰랐었다. 하지만 정신을 집중하니까 다수의 기척이 느껴졌다.

특수한 아이템의 힘을 빌렸거나 성준의 기척 감지 범위에서 멀리 떨어진 곳에 잠복하고 있는 것 같았다.

"지금 이거 예의에 어긋난다고 생각하지 않나?"

성준의 목소리에 살기가 실렸다.

집행부 헌터들을 데려온 것만 봐도 상대는 반쯤 적의를 드러낸 것이나 마찬가지였다. 그렇다면 군이 말을 높일 필요는 없었다. 성준은 이미 그들을 적으로 인식하고 있었다.

"지금 상황에서 예의는 중요하지 않다고 생각합니다."

"1층으로 내려가지. 산책이나 하면서 이야기하자고."

성준은 그녀와 함께 승강기에 올랐다. 승강기가 1층으로 내려가는 동안 그녀의 긴장된 숨소리가 선명하게 들렸다.

승강기는 밀폐된 공간이다. S급 헌터인 성준이 마음먹고 기습한다면 A급 헌터인 그녀는 막아낼 방법이 없었다.

"긴장할 필요 없어. 널 죽일 생각은 없으니까. 아직은."

성준의 목소리에 실린 살기에 지연은 마른침을 삼켰다. 짧지만 죽음의 공포가 지배하는 순간이 지나가고 1층에 도착한 승강기의 문이 열렸다.

성준이 먼저 내리자 지연이 뒤따랐다.

성준은 차가운 밤공기를 마시며 입을 열었다.

"내 집까지 찾아온 이유가 궁금하네……. 잔뜩 데리고 온 걸 보면 좋은 의도는 아닌 것 같은데……."

"길드의 말씀을 전달하기 위해서 여기까지 왔습니다."

지연이 말했다.

성준은 그녀를 똑바로 보며 냉소를 흘렸다.

"지금부터 할 말을 가려서 하는 게 좋을 거야. 죽을 수도 있으니까 말이야."

싸늘한 살기가 피어올랐다.

지연은 마른침을 삼켰다. 그녀는 A급 헌터일 뿐만 아니라

살인 경험이 있는 집행부의 간부였다. 그럼에도 불구하고 성준이 흘리는 희미한 살기를 견디기 힘들었다. 하지만 그녀는 애써 차분한 표정으로 입을 열었다.

"길드에서는 강성준 씨에게 '침묵'을 요구했습니다."

지연의 말이 끝나기 무섭게 성준의 표정이 변했다.

"요구? 지금 나한테 명령하는 건가……?"

5장
1인 레이드

"'침묵'하지 못하겠다고 대답하면 어떻게 되는 건지 물어봐도 될까?"

"저희 쪽에서 강제로 '침묵'하게 만들 수도 있습니다."

"하하하!"

성준은 어이가 없어서 웃음을 터뜨리고 말았다.

"그 말은 마치 일성 길드에서 나를 어떻게 할 수 있다는 걸로 들리는데?"

"저희 길드에 S급 헌터는 없지만, 일성 그룹의 지원을 받고 있습니다. 저희를 적으로 돌리면 강성준 씨도 많이 피곤할 겁니다."

지연이 경고했다. 조금 전까지만 해도 살기에 주눅이 들었던 모습이었지만 지금은 다시 자신감을 얻은 모양이었다.

"일성 길드에는 집행부 인원이 많다고 들었는데……."

"최상위권 길드들과 비교했을 때 결코 적지 않습니다."

"그러면 다 처 죽이느라 피곤해지긴 하겠네."

성준의 아무렇지 않은 말에 지연은 몸에 소름이 돋는 것을 느꼈다.

"말을 듣지 않는다면 강성준 씨를 공격해도 좋다는 길드의 지시가 있었습니다."

지연은 태연한 척 말했지만 긴장한 기색이 역력했다. 그녀의 말이 끝나기 무섭게 먼 거리에서 매복하고 있던 헌터들이 집중하지 않아도 기척이 분명해질 정도의 거리까지 거침없이 다가왔다.

"나를 공격해도 좋다? 일성 길드는 S급 헌터를 감당할 자신이 있다는 거냐?"

S급 헌터를 국가에서 함부로 할 수 없는 이유 중 하나가 국가에서 보유한 헌터의 수가 적기 때문이다.

우선 국가는 국제 조약 때문에 군에 헌터를 소속시킬 수 없다. 그래서 치안 유지 목적으로 무장경찰관이라는 이름으로 헌터를 소속시키고는 있지만, 그 수가 많지 않았다.

'하지만 길드는 다르지.'

그들은 국제 조약의 영향을 받지 않기 때문에 아무런 제약

없이 헌터들을 모을 수 있었다. 일성 그룹과 같은 대기업의 지원을 받는 길드나 대한민국 최상위권의 길드 같은 경우에는 하나의 작은 국가를 무너뜨릴 수 있는 막강한 힘을 가지고 있다.

괜히 국가의 최상위권 길드가 가지는 권력이 막강한 게 아니었다.

"감당해야 한다면…… 그렇게 해야 하지 않겠습니까? 저희 길드가 일성 그룹의 지원을 받는다는 사실을 잊지 마시길 바랍니다."

지연은 공격적인 태도로 말했다.

대한민국 1위 기업의 지원을 받고 있다는 사실을 계속 강조하며 성준에게 두려움을 주려고 했지만 정작 그는 아무런 감흥이 없었다.

"'침묵' 하시겠습니까?"

"정중하게 부탁했으면 생각해 봤을 텐데, 이렇게 협박을 하니까 그럴 마음이 싹 사라지잖아."

성준은 싸늘한 미소를 머금은 채 대답했다. 지연이 한 걸음 뒤로 물러나며 어떤 신호를 보내자 매복하고 있던 집행부 헌터들이 거리를 좁혀 왔다.

이제는 적의가 노골적으로 드러날 정도였다.

"그런데 내 별명은 알고 있지? 잘 생각하는 게 좋을 거야. 나한테 무기를 들이대고 살아나간 사람은 없으니까."

성준이 차가운 목소리로 말했다. 과장처럼 들릴 수도 있겠지만, 그의 말은 모두 사실이었다. 그에게 무기를 들이대고서 살아나간 이는 없었다.

모두 '정당방위' 당했다.

'수가 더 늘어난 것 같네.'

조금 더 먼 거리에 숨어 있던 집행부 헌터들도 거리를 좁혀 온 것인지 10명 남짓 느껴졌던 기척이 25명을 넘기고 있었다.

근거리까지 왔음에도 불구하고 희미한 기척이 몇 있었다. 아마도 은신을 사용 중인 헌터일 것이다.

"지금이라도 늦지 않았습니다."

"그건 내가 할 말이야."

성준의 단호한 태도에 지연은 고개를 저었다. 그녀는 오른손을 들어 올리며 입을 열었다.

"변형."

빛무리와 함께 긴 창이 생성되었다. 그녀는 고속 이동술로 빠르게 거리를 좁히며 성준의 심장을 노리고 창을 내찔렀다.

창에는 선명한 오러가 깃들어 있었다. 매서운 일격이었지만 성준은 여유로운 표정으로 회피 동작을 취했다.

'정직한 일격이네.'

속임수가 섞여 있긴 했지만, 성준의 실전검에 비해서는 정직하다고 볼 수 있었다.

그는 지연의 창을 피해내며 입을 열었다.

"변형."

반지 형태였던 로엘이 검의 모습을 갖췄다. 그의 오른손에 들려 있는 검, 로엘에 오러가 깃들었다.

-주군!

리슈발트가 경고했다.

은신 특유의 희미한 기척 2개가 등 뒤에서 느껴졌다. 우측과 좌측에서는 단검이 날아오고 있었고 앞에는 지연이 창을 겨누고 있었다.

성준을 보는 지연의 얼굴에 자신감이 넘쳤다. 그 모습을 본 성준은 어이가 없었다.

'설마 이걸로 나를 몰아넣었다고 생각한 거야?'

그저 웃음만 나올 뿐이었다.

성준은 마력을 끌어 올리며 입을 열었다.

"블링크."

성준의 몸이 사라졌고 4방향에서의 공격은 그가 있던 자리, 허공을 꿰뚫었다.

"어디 갔지?"

"블링크다!"

"저기 있습니다!"

혼란스러운 와중에도 누군가 성준의 기척을 읽어냈다. 마법게 헌터들이 그를 향해 공격 마법을 퍼부었다.

날카로운 얼음의 창 수십 개가 고속으로 날아와 성준의 목과 가슴을 노렸다.

"실드."

성준은 차분하게 시동어를 내뱉는 것으로 '용의 가호' 아이템을 사용했다. 붉은 보석이 빛나더니 원거리 공격에 효과적인 역장이 생성되어 모든 공격 마법을 막아냈다.

"블링크에다가 실드까지? 도대체 특수 능력이 몇 개야!"

"분명 아이템을 쓰고 있을 거다!"

아이템을 사용하는 것도 능력이라고 말해주고 싶었다.

"내가 처리한다."

누군가 성준을 향해 쇄도했다. 속도만 봐도 A급 헌터라는 것을 알 수 있었다. 특이한 게 있다면 그의 주변에 5개의 검이 '부유'하고 있었다.

오른손에 들고 있는 검까지 합하면 6개인 셈이었다.

모두 오러가 깃들어 있었다.

'이기어검인가……?'

제국에서도 비슷한 기술을 사용하는 기사들이 있었기 때문에 성준은 당황하지 않았다. 화려하지만 허점이 많은 기술이라는 것을 알고 있었다.

이기어검을 사용하는 A급 헌터는 거리를 더 좁히지 않았다.

대신 공중을 부유하는 5개의 검을 성준에게 보냈다.

검들이 허공에서 현란하게 춤추며 시선을 교란했다.

"파이어 스피어!"

날카로운 불의 창이 쇄도했다.

성준의 시선이 이기어검에 집중되었다고 생각한 것이었다. 헌터들 대부분이 가까이 다가와 성준을 포위했다.

"하앗!"

성준은 자신의 목을 노리고 쇄도하는 검들을 쳐내고 파이어 스피어를 파마검으로 소멸시켰다.

"공격 마법을 소멸시켰다고?"

"S급 헌터다! 모두 긴장해!"

"블레스!"

뒤늦게 도착한 A급 보조계 헌터가 버프를 시전했다. 이기어검 뿐만 아니라 헌터들의 움직임이 눈에 띄게 빨라졌다.

이들의 조직적인 합격을 받으면 꽤 위험할 것 같았다.

"크윽!"

아찔한 고통과 함께 붉은 피가 튀었다.

이기어검이 시야를 흔드는 동안 또 다른 A급 헌터가 은신까지 사용한 배후 기습에 당한 것이었다.

왼쪽 허리에 관통상을 입었다.

"잡았다!"

승기를 잡았다고 생각한 것인지 A급 헌터가 재빨리 뒤로 빠지기 무섭게 B급 헌터 3명이 달려들었다.

"착각은 자유지만 조금 심해……."

성준의 눈동자가 싸늘하게 식었다. 그는 로엘에 마력을 집중시키며 입을 열었다.

"울부짖어라, 로엘."

로엘 속에서 잠자고 있던 마룡의 영혼이 깨어났다.

-크롸롸롸롸롸!

날카로운 울음이 천지를 뒤흔들었다.

"크으윽!"

"크아악!"

B급 헌터들이 힘없이 쓰러졌다. A급 헌터들조차 자기 몸을 가누지 못하고 크게 비틀거렸다.

"블레스."

성준은 기회를 놓치지 않았다.

'제국군 전투 사제복'의 옵션 스킬인 '블레스'를 사용하여 능력치를 올린 뒤, 고속 이동술을 펼쳤다.

"제, 제기랄!"

A급 헌터의 회복 속도는 빨랐다. 이기어검을 구사하는 이를 노렸지만, 그는 다른 이들보다 빨리 정신을 수습하고 검들을 불러 모아 방어 태세를 갖췄다.

그것을 박살 내는 것은 가능했지만 그럴 노력을 기울일 시간에 다른 헌터의 목을 치는 게 효율적이라고 판단한 성준은 곧바로 목표를 변경했다.

그가 다시 고속 이동술을 펼쳤다.

"끄아아아악!"

"커헉!"

"크윽!"

성준이 지나가는 곳마다 고통에 찬 비명의 꽃이 피었다.

B급 헌터들이 힘없이 쓰러졌다. 다른 A급 헌터들이 대응을 위해 움직였을 땐 이미 B급 헌터 14명이 싸늘한 시체로 변한 뒤였다.

"맙소사……."

"1분 만에 다 죽었다고……?"

A급 헌터들조차 공포에 질렸다.

"침착해! 그래도 한 명이야!"

지연은 두려움에 떨고 있는 부하들을 진정시키기 위해 외쳤다. 분명 적은 1명이다.

하지만 그 1명이 일인군단이었다.

"버, 버프가 사라졌어!"

"최준 씨도 당했나 봐!"

모두의 시선이 향한 곳에 성준이 서 있었다. 그는 피투성이가 되어 있었지만, 왼손에 A급 보조계 헌터 최준의 머리를 들고 있었다.

보조계 헌터의 중요성 때문인지 호위로 실력 있는 A급 헌터 2명이 붙어 있어서 성준도 조금 고전한 모양이었다.

그는 최준의 머리를 바닥에 던지며 입을 열었다.

"도망칠 생각은 버려라."

성준의 몸이 일순간 사라졌다.

집행부 헌터들은 무기를 들어 올린 채 사방을 경계했다. 하지만 성준은 전혀 예상하지 못한 곳에서 모습을 드러냈다.

"다 죽을 테니까."

"커헉!"

성준의 검이 B급 헌터의 심장을 꿰뚫었다. 그를 구원하기 위해 고속 이동술을 펼친 또 다른 B급 헌터의 미간에는 단검이 꽂혔다.

-주군! 체력과 마력이 한계를 보이고 있습니다! 흡수를!

리슈발트가 보고했다.

성준은 대답 대신 왼손을 들어 올렸다.

"흡수."

신체를 극한까지 내모는 치열한 전투로 인해 체력과 마력의 소모가 심했지만 조금 전의 '흡수'로 인해 상당량이 회복되었다.

"힐!"

성준은 치유까지 사용했다. 백색의 빛이 상처에 깃들면서 빠르게 회복되기 시작했다.

"막아!"

집행부 헌터들이 움직였다. 이기어검을 사용하는 헌터가 앞장섰다.

'반응 속도가 빠르네, 아직 회복이 덜 되었는데……'

하지만 출혈은 멎었다.

그는 이기어검을 사용하는 헌터를 향해 쇄도했다.

"어디 막아내 봐라!"

A급 헌터는 전력을 다해 이기어검을 구사했다.

5개의 검이 5곳의 급소를 노리고 쇄도했지만, 성준은 당황하지 않았다. 그저 미소를 흘리며 입을 열었다.

"나는 12개다."

A급 헌터는 성준의 말을 곧 이해하게 되었다. 그가 환영검을 펼친 것이었다.

"커헉!"

12개의 칼날이 5개의 칼날을 방어했다. 성준은 공세가 무너진 순간 헌터를 향해 쇄도하여 검을 휘둘렀다.

이기어검에 집중한 탓인지 그의 검술은 성준의 실전검에 비하면 형편없었고 순식간에 왼팔과 오른쪽 다리가 절단되면서 피가 쏟아졌다.

"히, 힐러……!"

"회복계도 전부 당했습니다!"

혼란의 연속, 성준은 차분한 표정으로 입을 열었다.

"적대행위가 확실하니 지금부터 나는 일성 길드 집행부 전체에 대해 '정당방위'를 선포한다."

성준의 말에 일성 길드 집행부 헌터들은 경악했다.

"개인이 길드에 정당방위를?"

"미, 미친……!"

그들은 경악하면서도 생각했다. 어쩌면 눈앞의 S급 헌터, 강성준이라면 길드를 대상으로 한 1인 레이드가 가능할지도 모른다고.

지연은 하얗게 질린 얼굴로 창을 고쳐 잡았다. 방금 성준이 한 말은 일성 길드에 대한 선전포고나 다름없었다.

개인이 길드에 선전포고를 하는 것은 던전 레이드 발생 후, 적어도 대한민국에서는 처음 있는 일이었다.

"말도 안 돼……."

지연은 자신도 모르게 혼잣말을 내뱉었다. 최상위권 길드에 소속된 헌터의 수는 수백에서 많으면 수천이었다.

특히 일성 길드는 소속된 헌터들의 수가 1만 명으로 최상위권의 다른 길드들에 비해 많은 편이었다. 그래서 이 선전포고는 불가능이라고 생각했다.

"불가능이라고 생각해?"

성준은 입꼬리를 끌어 올리며 말했다. 누구 하나 지목해서 묻는 것은 아니었지만, 지연은 자신도 모르게 고개를 끄덕이고 말았다.

"옆을 봐라."

성준이 말했다.

지연은 물론이고 다른 헌터들도 주변을 둘러보았다. 검게 물든 밤하늘 아래 차가운 시멘트 바닥으로 붉은 피의 강이 흐르고 있었다.

"다시 한번 물어볼게. 정말 불가능할 거라고 생각해?"

성준이 다시 한번 물었다.

하지만 이번에는 지연은 물론이고 그 누구도 쉽게 고개를 끄덕이지 못했다.

싸움이 시작되고 20분이 지나기도 전에 A급 헌터와 B급 헌터 20명 이상이 끔찍하게 살해당했다.

S급 헌터의 전투력은 상상 이상이었다. 어쩌면 거대한 일성 길드를 상대로 1인 레이드를 펼치는 게 불가능한 일은 아닐 것이라는 생각도 들 정도였다.

"그래, 충분한 대답이 되었어."

"노, 놓치지 마!"

성준의 몸이 사라졌다.

지연은 급히 부하들에게 명령을 내렸지만, 그 누구도 감히 성준의 뒤를 쫓지 못했다.

"크아아악!"

"으아아악!"

성준이 다시 모습을 드러낸 곳에서 고통 가득한 비명이 터져 나왔다. 지연의 시선이 향했을 땐 성준은 이미 모습을 감춘 뒤였고 B급 헌터 2명이 허공에 피를 흩뿌리고 있었다.

그리고 성준은 공포를 흩뿌리고 있었다.

"무, 뭉쳐야 해!"

누군가 지시를 내렸다.

습격을 위해 동원된 집행부 헌터 중에 살아남은 이들은 10명이 되지 않았다.

하지만 성준은 치명상을 입지 않았고 그나마 그들이 입힌 부상도 압도적인 '힐'에 의해 치유되었다.

모든 상황이 성준에게 유리하게 흘러가고 있었다.

"이게 끝이야?"

성준이 가볍게 도발했다.

중세 판타지 소설과 달리 길드원들은 길드에 충성하지 않고 개인의 권익에 따라 움직이는 회사원이나 다름없었다.

일성 길드처럼 구성원의 수가 많다고는 하지만 실제로 이런 일에 움직일 수 있는 이들은 집행부를 제외하면 극히 소수에 불과했다. 그래서 사실상 집행부가 무너지면 그 길드를 박살 냈다고 볼 수 있었다.

"침착해!"

지연은 부하들을 독려했다. 동료들의 죽음으로 인해 패닉 상태였던 이들이 정신을 수습했지만, 여전히 승산은 보이지 않았다.

'S급 헌터를 너무 과소평가했다……'

지연은 마른침을 삼켰다. 그녀도 간부였기 때문에 이번 습격을 기획한 회의에 참석했었다. 대한민국에서 길드와 S급 헌터 개인의 트러블은 없었다. 외국의 사례가 있긴 했지만, 그들은 참고하지 않았었다.

'이 정도일 줄은 몰랐는데……'

괜히 국가에서 S급 헌터를 건드리지 않는 게 아니었다.

일성 그룹 전략사업 본부장 김도혁이 젊은 혈기 때문에 길드를 움직이지 않았다면 이렇게 큰 피해를 입지도 않았을 것이다.

"크헉!"

잠시 생각을 정리하는 동안 집행부 헌터 하나둘 쓰러졌다. 그야말로 순식간에 사라졌다는 표현이 어울릴 정도였다.

"하지연 씨! 이제 저희만 남았습니다!"

집행부 헌터 한 명이 다급하게 보고했다.

지연은 남은 인원을 소집했지만, 그녀를 포함해서 겨우 4명 남았을 뿐이었다.

모두 부상을 입었지만 A급 헌터라는 게 그나마 위안이 되었다. 살아남은 이들이 지연을 제외하고 모두 B급이었다면 저항을 포기하고 싶은 심정이었을 것이다.

"고속 이동술이랑 은신을 교묘하게 섞어서 사용하고 있습니다. 대인전 경험이 풍부한 상대입니다."

살아남은 A급 헌터 한 명이 말했다. 성준은 지구의 모든 헌터들 중에서 실전 경험이 가장 풍부하다고 말할 수 있을 정도였다.

전생 로우켈의 피로 얼룩진 실전 경험은 성준이 적들을 쳐죽이는 데 큰 도움이 되고 있었다.

"기척을 읽기 힘든 건 그것 때문이었군요."

지연이 혼잣말에 가까울 정도의 작은 목소리로 중얼거렸다. 계속된 긴장 상태 때문에 이제는 말할 힘조차 없었다.

단숨에 끝내려고 했다면 지금쯤 그녀와 집행부의 부하 헌터들은 끔찍하게 살해당했을 것이다.

'즐기고 있는 건가……'

문득 든 생각이었다. 어쩌면 성준은 자신에게 검을 든 행위에 대한 징벌로 공포를 선사하고 있는 걸지도 몰랐다.

"이래도 괜찮을지도 모르겠습니다. 아버지가 병원에 입원해 계신다고 들었는데…… 그쪽은 안녕할까요?"

지연의 말이 끝난 그 순간이었다.

성준이 모습을 드러냈다.

"나왔다!"

"죽여!"

지연을 제외한 A급 헌터 3명이 성준을 향해 일제히 몰려들었다.

지연은 움직이지 않았다. 이유는 알 수 없었지만 그럴 수 없었다.

"예상은 했지만 추잡해."

가족을 위협한다는 사실에 그는 분노했다. 그 감정을 고스란히 칼날에 담아 휘둘렀다.

"환영검."

"크하악!"

환영의 칼날들이 춤을 추자 가장 앞에서 창을 내찌르던 A급 헌터가 전신에서 피를 쏟아내며 쓰러졌다.

"일격에?"

동료 헌터들은 경악했다. 설마 일격에 당할 줄은 예상하지 못했다.

"크윽!"

다른 헌터는 성준이 휘두른 검을 막아냈지만 검을 통해 전달되는 강한 힘을 버텨내지 못하고 자세가 무너지면서 크게 비틀거렸다.

순수한 신체 능력 또한 성준이 그들을 압도하고 있었다.

성준은 허리에 걸려 있는 단검을 뽑아서 그의 목을 그었다. 방어 자세가 무너진 탓에 성준의 완벽한 연격을 막아내기 힘들었다.

"쿨럭!"

"제, 제기랄!"

A급 헌터가 새카만 아스팔트 위를 흐르는 붉은 강 위로 쓰러지자 남은 한 명은 욕설을 내뱉었다. 그가 검을 휘두르자 폭발이 일어났다.

특이한 능력이었지만 성준은 폭발을 뚫고 그의 코앞까지 다가가 목에 단검을 꽂아 넣었다. A급 헌터가 힘없이 쓰러지자 성준의 시선이 향한 곳에는 지연이 있었다.

그는 고속 이동술을 펼쳐서 순식간에 거리를 좁혔다.

"꺄아악!"

두 사람은 눈 깜짝할 사이에 공격을 주고받았다. 섬광과도 같은 찌르기에 성준의 왼쪽 어깨에서 핏물이 튀었다.

공격은 성공적으로 보였지만 지연은 왼팔을 잃고 말았다. 그녀는 비명을 지르며 물러났고 성준은 빠르게 거리를 좁히는 것으로 놓치지 않겠다는 의사를 보였다.

"이익!"

지연은 이를 악물고 성준의 움직임을 쫓았다. 그리고 창을 내찔렀지만, 한쪽 팔을 잃으면서 위력은 반이 되었다.

"까아악!"

성준은 그녀의 오른팔마저 잘라냈다. 잘린 팔은 피를 쏟아내며 차가운 바닥에 뒹굴었다. 고통스러워하는 그녀의 모습을 보며 성준은 입을 열었다.

"잘못 건드렸어."

싸늘한 목소리가 밤공기를 울렸다.

"가족은 건드리지 말았어야 했다."

그 말의 끝으로 섬광과도 같은 검이 지연의 목을 몸과 분리했다.

일성 그룹 집행부 간부이자 A급 헌터인 안기철은 길드의 '지령'을 수행하기 위해 자신을 제외하고도 A급 헌터 2명과 B급 헌터 6명을 데리고 한국중앙병원으로 향했다.

"팀장님, 저희는 자세한 내용을 전달받지 못했습니다. 도대체 누굴 상대하는 거길래 이만한 인원이 움직이는 겁니까?"

팀장인 기철을 포함해서 A급 헌터가 3명에 B급 헌터가 6명이 한꺼번에 움직이는 일은 드물었다. 요인 암살이나 경호에는

2명이나 3명이 움직이는 게 보통이었고 이 정도의 인원이 움직일 때는 세력 다툼밖에 없었다.

"적은 소수다. 피해 없이 금방 끝날 거다."

기철은 확신이 가득한 목소리로 말했다.

상대할 적은 한국중앙병원의 경비 몇 명과 경찰청에서 파견한 소수의 무장경찰관이 전부라고 전달받았었다.

파견된 무장경찰관 중에서 헌터가 있다는 정보가 있었지만 C급이 2명에 불과했기 때문에 신경 쓸 필요는 없었다.

'도대체 강수혁이라는 사람이 누구길래, 집행부에서 이렇게 움직이는 거지?'

기철은 전달받은 임무 내용을 기억하며 고민했지만 이내 고개를 저었다. 상부의 결정에 의심을 품거나 깊이 생각하는 건 좋지 않다고 배웠기 때문이었다.

"팀장님? 적은 소수라고 하지 않으셨습니까?"

A급 헌터 한 명이 기철을 보며 물었다. 그는 지금 동원된 집행부 헌터들 중에서도 기척 감지 능력이 뛰어났다.

"나는 그렇게 전달받았다."

"조금 있으면 팀장님께서도 감지할 수 있겠지만 30명은 넘는 것 같습니다."

"뭐라고?"

부하의 보고에 기철의 눈동자가 흔들렸다. 가끔 전달되는 내용이 다를 때가 있기 때문에 긴장을 놓을 수 없었다.

그는 확인을 위해 이동속도를 올렸다.

'맙소사…….'

부하의 말대로 적의 수가 30명이 넘었다. 등급은 확실하게 알 수 없었지만 헌터들의 수만 해도 15명이 넘었다.

"저, 정지!"

기철은 황급히 팀을 정지시켰다. 그리고 기척 감지 능력이 뛰어난 부하를 시켜 적들의 수준을 확인하게 했다.

"A급 헌터는 1명이고 나머지는 모두 B급 헌터입니다."

다행히 적들의 수준은 높지 않았다. 기철은 작전 수행을 재개할 것을 명령했고 일성 길드의 집행부가 움직였다.

한국중앙병원의 내부로 침투한 그들의 앞에 세라핌 길드의 간부가 집행부 헌터들과 함께 모습을 드러냈다.

"응급실은 이쪽이 아닌데?"

차가운 목소리에 기철은 단검을 뽑으며 입을 열었다.

"언제부터 길드의 집행부가 병원의 경비까지 했었지?"

"너희 사람 잘못 건드렸어."

그의 말이 끝나기 무섭게 일성 길드 집행부 헌터들의 중앙에 하얀 사제복을 피로 물들인 한 남자가 나타났다.

그 누구도 그의 접근을 눈치채지 못했다.

"대신 말해줘서 고마워."

말을 마치며 검을 휘두르자 바로 옆에 있던 B급 헌터 2명의 목이 날아갔다. 머리를 잃은 몸은 피분수를 쏟아내며 쓰러졌고 기철은 부하들에게 공격 지시를 내렸다.

"내가 다 죽인다."

세라핌 길드의 집행부가 개입하려고 하자 성준은 손을 들어 올려 그들을 제지했다. 그리고 학살을 이어갔다.

사방에 붉은 피가 튀고 비명이 끊이지 않았다.

성준은 그들을 최대한 잔인하게 죽였다. 팔과 다리를 자르고 마지막에 목을 쳤다.

모두가 죽고 기철이 마지막으로 남았지만 성한 꼴은 아니었다.

"크윽……."

그는 짧은 신음을 흘렸다.

왼팔이 잘렸고 전신이 피투성이었다. 그럼에도 불구하고 목숨은 부지하고 있었다. 그는 살아남았다고 생각하고 있었지만 사실은 성준이 살려준 것이었다.

성준은 두려움에 떨고 있는 기철과 거리를 좁혔다. 그는 뒷걸음쳤지만 뒤에는 세라핌 길드의 집행부가 있었다.

"제, 제기랄!"

입 밖으로 나오는 말은 욕설이 전부였다. 그마저도 공포에 잠식된 나머지 제대로 나오지 않았다.

성준은 그를 지긋이 바라보더니 검을 휘둘러 목을 쳤다. 너무나 빨랐기에 기철은 대응은커녕 어디서 검이 휘둘러졌는지 조차 보지 못했다.

전투가 종료되었다.

세라핌 길드의 청소부들이 현장을 정리하기 시작했다.

"흡수."

성준은 시체에서 체력과 마력을 흡수했다. 그리고 피에 절은 몸을 움직였다.

시간이 조금 지나자 그의 앞에 정철이 나타났다.

성준보다 먼저 일성 그룹 집행부의 움직임을 파악하고 수혁을 보호하기 위해 세라핌 길드를 움직인 것은 그였다.

"이제 어떻게 하시겠습니까?"

"일성 길드에 대한 1인 레이드를 시작하겠습니다. 관련된 사람들은 아무도 살아남지 못할 겁니다."

살기 가득한 말에 정철은 몸을 살짝 떨었다.

일성 길드에 관한 모든 일은 김민성 회장의 막내아들이자 전략사업 본부장인 김도혁이 지휘했다.

던전 레이드 사태가 터지고 난 후, 길드는 기업에 있어서 가장 중요한 사업으로 발전했다. 그 중요한 사업의 총지휘를 맡긴 것만 봐도 도혁에 대한 민성의 신뢰가 얼마나 두터운지 알수 있었다.

하지만 사람의 욕심은 끝이 없는 법이었다.

도혁은 후계 구도를 확실히 하기 위해 길드의 실적을 올려 유리한 위치를 잡으려고 했고 그것은 결국 대량 살상 아이템에 손을 대게 하였다.

"본부장님께서 부르신다고 하셨습니까?"

일성 길드의 길드장을 맡고 있는 철민은 자신을 수행하는 부하 길드원에게 물었다. 철민은 어딘가 아파 보일 정도로 안색이 나빴고 눈 밑에는 짙은 다크서클이 엿보였다.

"예, 길드장님. 지금 당장 모든 일을 중단하고 본부장실로 출석하라는 지시입니다."

"하아."

부하 길드원의 대답에 철민은 깊은 한숨을 내쉬었다. 이번에는 또 무슨 일 때문에 출석하라고 하는 것인지 짐작조차 가지 않았다.

"차량이 대기 중입니다."

대한민국 최상위 30위 안에 들어가는 길드의 수장들이 가지는 권력은 막강하기 때문에 대기업 총수에 버금가는 대우를 받고 있었다.

'나는 아니지만……'

옷매무시를 가다듬는 철민의 눈동자에 복잡한 심경이 스쳐 지나갔다. 모든 일에는 예외가 있는 법이었고 그는 '예외'에 속하는 길드장이었다. 길드의 실질적인 권력은 일성 그룹의 전략사업 본부장인 도혁이 가지고 있었고 그는 허수아비에 가까운 존재에 불과했다.

"오늘 운전은 제가 하겠습니다. 길드 하우스에서 쉬세요."

생각을 비우고 싶었다. 철민의 지시에 길드원은 고개를 끄덕이며 물러났다.

"알겠습니다."

"수고하세요."

그는 길드 하우스의 주차장으로 향했다. 그리고 길드 소속이 아닌 개인 차를 타고 일성 그룹 본사로 향했다.

길드 하우스 건물에서 본사 건물까지 1시간 정도 걸렸다.

주차를 끝낸 그는 차에서 내려 전략사업 본부로 급히 발걸음을 옮겼다. 마음 같아서는 고속 이동술을 펼치고 싶었지만, 건물 안에서 그런 행동을 할 수는 없었다.

"후우!"

본부장실 앞에 도착한 철민은 심호흡을 한 뒤, 노크와 함께 문을 열고 들어갔다. 도혁은 의자 등받이에 몸을 기댄 채 안경을 닦고 있었다.

'뭔가 일이 터졌나 보군.'

보통 심각한 표정이 아니었기 때문에 철민은 마른침을 삼켰다. 그런 그를 발견한 도혁은 커피를 한 모금 마신 뒤, 입을 열었다.

"앉으세요."

목소리가 딱딱하게 굳어 있었다.

"설명…… 부탁드려도 되겠습니까?"

"어젯밤에 제가 길드의 집행부를 동원했습니다."

"네?"

도혁의 말에 철민은 순간 자신의 귀를 의심했다. 그는 지난밤 길드의 집행부가 움직였다는 사실에 대한 보고를 받지 못했었다.

"제 승인도 없이 집행부를 움직였다는 말씀이십니까?"

철민은 화가 났다. 길드의 집행부를 움직일 수 있는 권한은 전적으로 길드장이 가지고 있는 게 상식이었다. 집행부장이 재량껏 움직일 수 있다고는 비교적 소수에 불과했다.

"지금 나를 질책하는 겁니까?"

하지만 도혁에게는 상식이 통하지 않았다. 되려 강하게 나오는 도혁의 모습을 보며 철민은 할 말을 잃었다.

"길드장은 반성해야 할 겁니다. 집행부 헌터 수십 명이 고작 S급 헌터 1명을 죽이지 못했다는 게 말이 됩니까?"

"집행부를 움직여 S급 헌터를 쳤다는 말입니까?"

"그렇습니다. 무슨 문제라도 있습니까?"

도혁의 반응에 철민은 뒷목을 잡고 쓰러질 뻔했다. 집행부의 헌터들을 움직인 것으로도 모자라 S급 헌터를 공격하기까지 했다는 걸 들으니 밤새 터진 사건이 보통 심각한 게 아니라는 것을 깨달을 수 있었다. 그런데도 자신의 잘못을 인지하지 못하고 있는 도혁의 모습이 철민을 답답하게 했다.

'어리다고는 하지만 이런 사고를 칠 줄이야……!'

철민은 속으로 한탄했다. 도혁은 사업가가 지녀야 할 자질은 충분하다 못해 넘쳤지만, 길드를 관할하는 전략사업 본부를 맡은 건 얼마 되지도 않아서 이쪽 분야에 대한 경험이 부족했다. 그리고 어려서 혈기왕성했다.

S급 헌터에 대한 위험성을 제대로 인지하지 못한 상황에서 참모들의 의견을 무시하고 사고를 쳐버린 것이 분명했다.

"본부장님. S급 헌터는 그렇게 쉽게 처리할 수 있는 상대가 아닙니다."

"불가능한 건 아닌가 봅니다?"

"그건 그렇지만……."

"좋습니다. 움직일 수 있는 모든 길드원을 움직여서 그 S급 헌터를 죽여야 합니다. 길드장은 그렇게 이해하고 움직이세요."

한숨이 절로 나왔다. 대화가 통하지 않았다.

"그 S급 헌터를 죽여야 하는 이유가 있습니까?"

"비밀 계획이 노출되었습니다. 더 퍼지기 전에 제거해야 합니다."

철민은 아무 말도 하지 않았다. 언젠가는 이런 날이 찾아올 줄 알았다.

도혁이 처음 대량 살상 아이템을 모으자는 비밀 계획을 기획했을 때 반대했었지만, 그는 철민의 말을 듣지 않았었다.

"회장님도 알고 계십니까?"

철민이 작은 목소리로 묻자 도혁은 움찔했다. 그가 유일하게 두려워하는 사람이 한 명 있는데 바로 일성 그룹의 회장인 김민성이었다.

"아버지는 아직 모를 겁니다. 그래서 빨리 처리해야 해요."

도혁은 자신의 실수가 민성에게 알려지는 것을 원치 않았다. 후계 구도 안정화를 위해 기획한 대량 살상 아이템 계획이 후계 구도를 불안정하게 만들어서는 안 된다고 생각하고 있었다.

"모든 지원을 아끼지 않을 겁니다. 반드시 제거하세요."

"알겠습니다."

철민은 마지못해 대답했지만, S급 헌터를 공격하면서 일이 커져 버렸으니 민성이 알게 될 날도 머지않았다고 생각했다.

성준은 수혁에게 외출을 자제해달라는 당부를 한 뒤, 병원을 나섰다. 동조율이 39%가 되었지만, 기분이 좋지 않았다.

오피스텔로 돌아온 그는 다음 날 아침, 일성 길드를 공격하는 대신에 정철과 만났다.

"화가 많이 나셨을 텐데, 잘 참으셨습니다."

정철이 말했다.

그는 성준이 곧바로 일성 길드를 공격할 것이라 생각했었다. 만약 그렇게 되었다면 일성 그룹이 막대한 자금을 바탕으로 여론몰이를 해서 성준의 정당성을 많이 훼손시켰을 것이다.

"저는 바보가 아닙니다. 여론몰이를 할 생각입니다."

"잘 생각하셨습니다. 현대에서 가장 중요한 건 여론이죠. 지금 상황은 강성준 씨에게 유리하고 명분도 있으니까 어렵지는 않을 겁니다. 문제는 자금이죠."

정철은 솔직하게 말했다. 성준을 돕고자 하는 마음은 있었지만, 공작에는 많은 자금이 필요했다.

"자금은 제가 지원할 테니까 신경 쓰지 말고 움직여주세요."

"그렇다면 걱정하지 않으셔도 좋습니다. 일주일 안에 일성 그룹의 이미지가 땅으로 추락하는 걸 보여드리겠습니다."

정철은 자신감 넘치는 목소리로 말했다. 없는 사실을 꾸며내는 것은 어려운 일이었지만 돈과 확실한 증거만 있다면 여론몰이는 어렵지 않았다.

일성 쪽에서도 여론 '조작'을 위해 움직이겠지만, 성준이 확실한 증거를 가지고 피해자 입장이 되었기 때문에 가해자인 그들은 여론을 조작하기 힘들 것이다.

"그럼 바로 움직이겠습니다."

정철은 성준과 헤어지기 무섭게 행동에 나섰다.

각 언론사와 인터넷 등에 일성 길드의 집행부가 성준을 먼저 공격했다는 사실과 함께 블랙박스 동영상 같은 증거물을 보냈다. 일성 길드의 본체라고 할 수 있는 일성 그룹에서 손을 쓴 탓에 지난 밤의 난리에도 조용했던 언론이었지만 확실한 증거와 공작이 펼쳐지니 더 이상 가만히 있지 않았다.

[충격! 일성 길드가 선량한 헌터를 공격하다!]
[가입 권유를 거절해서 그런 것일까? 잔혹한 길드의 이면!]
[국내 최초! S급 헌터가 공격당하다!]

대량 살상 아이템과 관련된 증거는 확실하지 않았고 무엇보다 혼란을 일으킬 수도 있기에 정철은 제보에 첨부하지 않았다.

뒤늦게 일성 그룹의 김민성 회장이 이 심각한 사태를 인지하고 여론 조작을 지시했지만 유감스럽게도 정철이 고용한 댓글 알바들이 인터넷을 장악한 뒤였다.

[일성 길드가 어떻게 이럴 수 있죠!]

[언젠가는 사고 칠 줄 알았음.]

[S급 헌터를 공격하다니 간이 부었네.]

[이번만큼은 '정당방위' 인정합니다.]

사람들은 동조하고자 하는 심리가 있다. 그리고 정철이 고용한 댓글 알바들은 일성 그룹을 마음껏 욕할 수 있는 환경을 만들었다.

일성은 노력했지만, 여론은 급속도로 나빠지고 있었다.

회장실 문이 열리고 정장을 갖춰 입은 남자가 다급한 표정으로 들어왔다. 그는 일성 그룹의 회장, 김민성을 향해 고개를 살짝 숙이고는 입을 열었다.

"회장님, 여론이 급속도로 악화 되고 있습니다. 일성 길드에서 잘못한 건 맞지만, 속도가 너무 빠릅니다."

"누군가 개입했군."

민성은 누군가 개입했다는 사실을 어렵지 않게 눈치챌 수 있었다. 그는 일성 그룹의 회장이었다. 이런 경우를 한두 번 겪은 게 아니었다.

"일성 길드를 탈퇴하는 인원도 늘어가고 있습니다."

여론이 악화 되고 '정당방위'라는 별명이 붙은 성준에게 공격받을지도 모른다는 불안감은 헌터들이 일성 길드를 떠나게 만들었다.

간부들은 자리를 지키고 있었지만, 일반 길드원들의 이탈은 무시할 수 있는 문제가 아니었다.

"S급 헌터 강성준도 지금은 상황을 지켜보고 있지만 언제 움직일지 모릅니다."

"도혁이가 많이 곤란하겠군."

민성이 중얼거렸다.

일성 길드와 관련된 일을 맡아서 하고 있는 이는 도혁이었기 때문에 민성은 걱정이 많았다. 레이드에 휩쓸려 첫째와 둘째를 잃은 후부터 막내아들인 도혁을 향한 민성의 관심과 애정은 각별해졌다.

"도련님께서도 노력하고 계시지만 길드와 전략사업 본부만의 힘으로는 역부족인 듯합니다."

비서의 대답에 민성은 짧은 한숨을 내쉬며 입을 열었다.

"정부에서는 반응이 없나?"

"침묵하고 있습니다."

현 상황에서 '침묵'은 누가 봐도 성준의 편을 든 것이나 다름없었다.

"돈은 그렇게 받아먹고 인제 와서 침묵이라니……."

민성은 한탄했다. 그동안 정치인들과 고위 공무원들에게 먹인 돈이 아까워질 지경이었다.

"그룹 차원에서 도혁이를 지원한다."

"알겠습니다."

"여론이 악화 되면 꼬리를 자르면 돼."

"꼬리를 자른다는 말씀은……?"

비서는 민성의 말을 한 번에 이해하지 못했다.

"일성 길드장한테 모든 잘못을 넘긴다는 말이다. 어떻게든 도혁이는 지켜야 하지 않겠나?"

잔혹한 말을 표정 하나 변하지 않고 내뱉는 민성이었다. 집행부를 움직인 것은 도혁이라고 하지만 일반적으로 관련 권한은 길드장이나 집행부장이 가지고 있는 경우가 많았다.

잘만 하면 성준을 공격한 모든 잘못을 길드장인 철민에게 넘길 수도 있었다.

도혁이 지시한 증거가 남아 있겠지만, 그 정도는 일성 그룹의 힘으로 조작할 수 있다.

"알겠습니다. 그렇게 알고 미리 준비해 두겠습니다."

비서는 고개를 끄덕이며 대답했다. 상황이 악화 되면 바로 조치할 수 있게 조작된 증거를 준비해 두겠다는 말이었다.

"S급 헌터들도…… 이제 주제를 알 필요가 있어……."

6장
광견의 죽음

여론몰이가 시작되면서 일성 길드는 집행부를 동원하여 아무 죄 없는 선량한 헌터를 공격하는 악질 길드 이미지가 되었다.

만족스러운 결과였기 때문에 성준은 미소 지을 수 있었다.

그는 일성 길드를 향한 공격을 유보하기로 했다. 여론이 정점에 오른 순간에 공격을 개시할 생각이었다.

여론몰이가 시작되고 며칠 뒤, 정철이 성준을 찾아왔다.

"일을 잘 처리해 주셨더군요."

두 사람은 성준의 오피스텔 근처 공원에서 만났다. 성준이 먼저 정철을 칭찬했다. 그의 여론몰이는 만족스러운 결과를 낳았다.

"제가 한 일은 별로 없습니다."

정철이 대답했다.

"한 일이 별로 없다니요? 이렇게 결과가 좋은데……."

"분명 여론몰이의 시작은 저희가 했습니다만, 본격적인 진행은 저희가 주도한 게 아닙니다."

정철은 제삼자의 개입을 말하고 있었다.

"그게 무슨 말씀이십니까? 자세히 설명해 주시죠."

정철은 커피를 한 모금 마신 뒤, 입을 열었다.

"저희의 여론몰이를 이끌고 돕던 보이지 않는 손이 있었습니다. 나중에 조사해 보았더니 청룡 그룹에서 움직인 것 같더군요. 아니, 확실합니다."

"어떻게 된 상황인지 알 것 같습니다. 그 부분에 대해서는 걱정하실 필요 없습니다."

성준이 말했다.

청룡 그룹이 개입했다면 설아 또는 태석이 나섰다는 것인데 누가 움직였든 간에 나쁜 의도는 없었을 것이다.

'조만간에 윤설아를 한 번 만나야겠어.'

도움을 받았으면 감사를 표하는 건 예의였다.

"아무튼 일성 그룹에서도 공작을 펼쳤지만, 청룡 그룹이 막아준 덕분에 이렇게 효과가 있었던 겁니다."

"청룡 그룹의 개입이 도움이 되었다는 말씀이시지요?"

"그렇습니다."

"그거면 충분합니다."

성준은 미소 지었다.

"공격은 언제 시작할 생각이십니까? 여론몰이는 충분합니다. 일성 그룹까지 엮는 건 불가능했지만 적어도 일성 길드만큼은 강성준 씨가 원하는 '악당' 역할이 되었습니다."

정철이 말했다.

현대 사회에서는 명분이 중요했다. 여론몰이를 통해 성준은 완벽한 피해자가 되었으며 모든 명분은 그에게 있었다.

"일성 길드가 '악당'이라면 '주인공'이 처단해야겠군요."

"옳은 말씀입니다."

일성 그룹까지 엮는 것은 무리였지만 일성 길드는 '악당' 역할을 맡게 되었다. 이제 여론은 그의 정당방위를 지지할 것이다.

"도움이 될지는 모르겠지만, 일성 길드 집행부 소속 헌터들의 명단을 확보했습니다. 간단한 정보 정도는 기록되어 있으니까 참고하시면 좋을 것 같습니다."

정철은 성준에게 서류 봉투를 하나 건네며 말했다.

성준은 봉투를 열어서 서류 몇 장을 확인했다.

"확실한 정보인 것 같네요."

"저는 불확실한 정보는 취급하지 않으려고 노력하는 주의입니다."

정철의 대답에 성준은 입가에 가벼운 미소를 그린 채 고개를 끄덕였다.

"일주일 안에 공격을 시작할 겁니다. 여론 쪽은 맡기겠습니다."

"대량 살상 아이템을 넘겨주기로 하셨으니 저는 최선을 다해 도울 겁니다."

성준은 정철의 도움을 얻는 대가로 일성 길드에서 확보한 대량 살상 아이템을 하나를 제외하고 모두 그에게 넘기기로 했다.

"슬슬 가봐야겠습니다. 오늘도 수고 많으셨습니다."

정철과 작별을 고한 뒤, 오피스텔로 돌아온 그는 소파에 몸을 기댄 채 따뜻한 커피를 마시며 생각에 잠겼다.

"여기나 저기나 사방이 적이야."

성준의 혼잣말에 거실을 서성이고 있던 리슈발트가 가까이 다가오며 입을 열었다.

-적이라면 베어버리면 그만입니다.

리슈발트 다운 간단명료한 해답이었지만 성준은 고개를 저었다.

"이쪽 세상은 그렇게 간단하지 않아."

-그렇다면 용서할 생각이십니까?

"용서? 적한테 그런 건 사치야."

제국의 전장에서 수십 년을 살아오면서 깨달은 것이 있다면 결코 적에게 자비를 베풀어서는 안 된다는 것이었다.

성준의 대답을 들은 리슈발트는 입가에 미소를 그렸다.

-이제야 주군답습니다.

성준도 피식 웃으며 커피잔을 비웠다.

"일찍 자야겠다. 생각이 바뀌었거든."

-주군……?

"내일 저녁에 일성 길드 하우스를 칠 거야."

-선전포고는 어떻게 하실 겁니까?

리슈발트가 물었다.

선전포고는 불필요한 것처럼 느껴질지도 모르겠지만, 명분 확보에 이처럼 좋은 것은 없었다. 성준은 잠시 고민하는 듯하더니 이내 차분한 표정으로 입을 열었다.

"공격 사실을 공지하는 게 아무래도 보기 좋겠지?"

-저도 그렇게 생각합니다. 공지했음에도 불구하고 남아 있는 자들은 죽여도 좋다고 해석할 수 있습니다.

리슈발트가 대답했다. 성준은 고개를 끄덕였다.

"좋아, 내일 바로 공지해야겠어."

그리고 다음 날 아침이 되었다.

성준은 헌터닷컴을 통해 저녁에 일성 길드 하우스를 공격할 것이라는 사실을 알리며 휘말리기 싫은 이들은 피하라는 내용의 게시글을 올렸다.

게시글을 올린 지 10분이 지나기도 전에 베스트에 올랐고 수십 개 이상의 댓글이 달렸다.

[선! 전! 포! 고!]

[정당방위가 진짜 칼을 뽑아 들었다!]

[그냥 공격해도 될 텐데, 신사적이네요.]

[쓸데없는 피해도 줄이고 좋은 듯.]

[이제 길드 하우스에 남아 있는 놈들은 다 죽여도 될 듯요.]

헌터닷컴 이용자들의 반응은 호의적이었다. 기습의 이점을 버리고 불필요한 사상자를 줄이겠다는 의지를 보이는 듯했기 때문에 사람들의 호감을 끌어내는 데 충분했다.

헌터닷컴을 종료한 성준은 은주에게서 전화를 받았다

"강성준입니다."

-성준 씨? 저에요, 은주.

"말씀하세요."

-오늘 저녁에 일성 길드 하우스를 공격한다고 들었어요.

"소문 참 빠르네요."

성준은 가벼운 웃음을 흘렸다.

-성준 씨가 헌터닷컴에 글 올렸잖아요. 소문 다 났어요.

모든 헌터들이 헌터닷컴을 이용하는 것은 아니었지만 적지 않은 수가 이용하기 때문에 사람과 사람을 통한 소문 전파가 결코 느리다고 할 수 없었다.

"오늘 공격할 겁니다."

-일성 그룹에서 지원받은 자금으로 길드에서 PMC까지 고용했어요. 혼자 괜찮으시겠어요?

던전 레이드 사태 발생 이후, 안전을 위해 대한민국에도 다수의 PMC, 민간 군사 기업이 생겨났다.

일성 길드는 그룹에서 지원받은 자금을 바탕으로 닥치는 대로 근처의 PMC를 고용하고 있는 듯했지만 쉽지 않았다.

성준의 선전포고 때문에 S급 헌터와 대적하기를 두려워한 나머지 대다수의 PMC들이 일성 길드의 제안을 거절한 것이었다.

그들이 제안을 받아들인 곳은 소수에 불과했다.

"괜찮습니다. 원래부터 혼자였습니다."

-그런 말 하지 마세요. 성준 씨는 혼자가 아니에요.

"말씀만이라도 감사합니다."

-말만 이러는 거 아니에요. 저도 합류할게요.

"마음만 감사히 받겠습니다."

은주는 큰마음 먹고 말했지만, 성준은 단호하게 거절했다. 그녀가 합류하면 명분이 다소 퇴색될 수도 있다.

-하, 하지만……

"최은주 씨의 마음은 잘 알겠습니다. 그 정도면 충분합니다."

-으으……

뜻대로 되지 않자 은주는 신음을 흘렸다. 스마트폰 너머로 그녀의 표정을 쉽게 예측할 수 있었기에 성준의 입가에 희미한 미소가 번졌다.

"저를 잘 아시지 않습니까? 일성 길드 전원이 덤벼도 저를 이길 수 없을 겁니다."

성준의 목소리에서 자신감이 넘쳤다.

-믿을게요.

통화가 끝났다.

성준은 장비를 점검한 뒤, 저녁 6시가 되기 무섭게 움직였다. 일성 길드 인근까지 차를 타고 이동했다. 그리고 은신 스킬을 사용한 채 건물 바로 옆까지 접근했다.

'엄청나게 깔렸군.'

여러 민간 군사 기업이 힘을 합쳐 수비대가 구성해 일성 길드 하우스인 10층 빌딩 주변을 지키고 있었다.

전차는 없었지만, 장갑차가 순찰을 돌고 있었고 기관총 포대도 여러 곳에 설치되어 있었으며 인근 빌딩에서는 저격수의 모습을 찾아볼 수 있었다.

-하찮은 불나방들입니다. 주군의 검 앞에서 1초도 버티지 못할 자들입니다.

리슈발트가 말했다. 은신이 유지되는 중이었기에 성준은 대답하지 못했지만 속으로 동조했다.

저녁 8시가 되었고 경계를 하고 있던 이들이 교대하려는 순간이었다. 성준은 천천히, 무리 안으로 침투하며 검을 들어 올렸다.

동시에 은신 탐지 아이템이 작동하면서 경보가 울렸다.

공격이 시작된 것이다.

위급 상황, 일성의 길드장인 철민은 도혁의 호출을 받고 급히 그룹 본사 건물에 도착했다. 여러 대의 승강기가 모두 고층에 머물러 있었고 그것들을 기다릴 여유가 없었던 철민은 계단을 이용해 본부장실이 있는 층으로 이동했다.

그도 A급 헌터였기 때문에 계단을 이용하는 게 힘들지는 않았다.

"한철민입니다."

철민은 노크와 함께 조심스럽게 본부장실의 문을 열었다. 도혁이 심각한 표정으로 의자에 앉아 있었다.

외국 PMC 소속으로, 얼마 전에 고용된 루돌프가 도혁의 곁을 지키고 있었다. 철민은 그를 슬쩍 살핀 뒤, 도혁의 앞으로 다가가 입을 열었다.

"본부장님. 대량 살상 아이템을 포기해야 합니다. S급 헌터 강성준이 공격을 시작했습니다."

"거절합니다. 포기해야 할 이유가 없습니다."

"본부장님! 제 말을 듣지 못한 겁니까? 강성준이 길드 하우스를 공격하기 시작했다는 말입니다!"

철민이 언성을 높였다. 도혁의 앞에서 이렇게까지 강하게 의견을 어필하는 것은 처음이었다. 그 사실을 뒤늦게 깨달은 철민은 씁쓸한 표정으로 도혁을 바라보았다.

"대량 살상 아이템을 포기하면 공격을 중단하겠다고 강성준 측에서 밝혔습니다. 지금이라도 대량 살상 아이템을 포기한다면 길드원들을 살릴 수 있습니다."

"대량 살상 아이템은 그룹에서 보관하고 있습니다. 길드 하우스를 종일 수색해도 찾을 수 없을 겁니다."

"본부장님!"

"대량 살상 아이템만 있으면 길드는 재건할 수 있습니다. 호들갑 떨지 마세요."

"사람들이 죽는다는 말입니다!"

철민은 답답한 표정으로 외쳤다. 언제나 그랬지만 도혁과는 말이 통하지 않았다.

"집행부는 다시 만들면 되고 PMC는 고용된 용병들에 불과합니다."

"그렇다고 해서 그들의 희생이 정당화되는 건 아닙니다!"

어느새 그의 손에는 검이 들려 있었고 오러가 번뜩였다. 루돌프는 도혁을 보호하기 위해 방패와 검을 들어 올린 채 철민의 앞을 막아섰다.

"지금 제 앞에서 무기 뽑은 겁니까?"

"당장 대량 살상 아이템을 포기하세요! 그렇지 않으면!"

"그렇지 않으면 어쩔 건데요?"

"으아아아!"

철민이 검을 휘둘렀고 루돌프는 방패를 들어 올렸다. 오러 실드와 검의 오러가 충돌하면서 마력 파편이 사방에 튀었다.

치열한 접전 끝에 철민은 루돌프에게 공격을 허용하고 말았다.

"크흑!"

철민은 짧은 신음을 내뱉었다.

언제나 정의가 승리하는 것은 동화 속의 이야기다. 아쉽게도 철민보다 루돌프가 더 강했다.

철민의 부상으로 승기를 잡은 루돌프는 공세를 펼쳤다. 철민은 얼마 버티지 못하고 목에 깊은 상처를 입고 쓰러졌다.

"구질구질하게······."

그는 죽어가면서도 도혁을 향해 기어갔다. 그 모습을 본 도혁은 품속에서 권총을 꺼내 방아쇠를 당겼다.

타앙!

총성이 울리고 총알이 철민의 머리통을 꿰뚫었다.

도혁은 루돌프를 보며 입을 열었다.

"대량 살상 아이템 사용 가능합니까?"

"SS급은 마력이 부족해서 무리겠지만, S급까지는 가능할 것 같습니다."

"비밀 금고로 가죠."

도혁은 미친 게 분명했다.

지상에서의 전투는 치열했다.

여러 민간 군사 기업으로 구성된 수비대는 성준을 향해 총탄을 있는 대로 쏟아부었지만 '용의 가호'가 있는 그에게 상처 하나 입히지 못했다.

그가 살기를 조금만 흘뿌려도 헌터가 아닌 용병들은 거품을 물고 쓰러졌다.

지상에는 C급 헌터가 30명 이상 있었지만 허무하게 무너졌고 1층으로 진입하는 최종 방어선까지 돌파되었다.

"가, 갈겨!"

누군가 외쳤다.

로비에 설치된 기관총 3정이 불을 뿜었다. 입구를 향해 수백 발의 총탄이 쏟아졌다. 뒤편에서 대기하고 있던 B급 마법계 헌터들도 공격 마법을 시전 했다.

"파이어 스피어!"

"윈드 커터!"

화염의 창과 바람의 칼날이 일제히 성준을 덮쳤으나 그는 차분한 표정으로 시선을 흩뿌릴 뿐, 피하려는 어떠한 동작도 취하지 않았다.

"실드."

그는 그저 시동어를 내뱉을 뿐이었다.

붉은 보석을 머금은 목걸이가 마력을 받아들이면서 빛을 발했다. 강력한 역장이 생겨나 모든 원거리 공격을 저지했다.

"이, 이걸 다 막았다고?"

"헌터란 놈들은 도대체 얼마나 괴물인 거야!"

S급 헌터와의 전투가 처음인 용병들은 성준의 기행에 안색이 창백하게 변했다. 로켓포까지 쏘았지만 마법계 헌터들의 공격 마법도 저지당하는데 통할 리가 없었다.

"도, 도망쳐!"

"이길 수 없어!"

민간 군사 기업의 용병들은 승산이 없다고 판단하기 무섭게 도주를 시작했고 성준은 굳이 그들을 쫓지 않았다.

이제 1층 로비에 남은 이들은 일성 길드의 집행부 헌터들이 유일했다. 그들 또한 두려움을 느꼈지만, 길드를 배신할 수 없다는 사명감 하나로 버텼다.

일반 길드원들이었다면 민간 군사 기업의 용병들과 함께 도망쳤을 것이다. 그들이 길드에 대해 충성심이 강한 집행부 소속이었기 때문에 여기까지 버티는 게 가능했다.

"여기가 뚫리면 끝장이다."

A급 헌터인 집행부장이 단호한 결의가 느껴지는 목소리로 말했다. 1층 로비는 최종 방어선이나 마찬가지였다.

상황이 어떻게 될지 몰라서 모든 층에 집행부의 헌터들이 배치되어 있기는 했지만, 소수에 불과했다.

남은 집행부의 전력 대부분이 지금 1층 로비에 모여 있는 것이었다.

"다들 모여 있는 것 같네?"

성준이 넌지시 질문을 던졌으나 대답하는 이는 아무도 없었다. 차오르는 긴장감 속에서 일성 길드 집행부 소속의 헌터들은 성준을 공격할 기회를 엿보고 있었다.

그 모습을 보며 성준은 입꼬리를 슬쩍 끌어 올리며 검을 들어 올렸다.

"선공을 양보하고 싶지만, 시간이 없어서."

성준의 몸이 사라졌다. 집행부 헌터들 중에서도 움직임이 빠른 이들이 고속 이동술을 펼쳤다. 허공에서 금속 충돌음과 함께 피가 여러 번 흩뿌려졌다.

일반인들이나 B급 이하 헌터들은 도저히 눈으로 좇지 못할 광경이었지만 1층 로비에 모인 집행부 소속 중 몇 명의 A급 헌터들은 치열하게 검격을 주고받는 잔상을 엿볼 수 있었다.

"크아아악!"

"으아아악!"

사투 끝에 집행부 소속의 헌터 둘이 피를 쏟으며 튕겨 나왔다. 2명 모두 A급 헌터였다.

"A급 헌터가 이렇게 쉽게?"

"팀장님! 저희가 끼어들 수 없습니다!"

A급 헌터가 너무나 쉽게 당하는 모습을 보며 B급 헌터들은 경악했다. 검술, 실전 경험, 마력량 등 모든 면에서 성준이 우월했다.

B급 헌터들은 아군을 돕기 위해 움직이고 싶었지만, 전투에 끼어들 틈이 보이지 않았다.

"커헉!"

끝까지 버티던 A급 헌터 셋마저 고통에 찬 신음을 내뱉으며 쓰러졌다. 조금 전에 그와 교전한 A급 헌터 5명은 일성 길드 집행부에서도 고속 이동술이 가장 빠른 이들이었다.

그렇기 때문에 움직임이 빠른 성준과 잠시나마 맞붙을 수 있었던 것이었다.

"후우!"

이윽고 모습을 드러낸 성준의 모습도 성하지는 않았지만, 힘 없이 쓰러져간 A급 헌터 다섯 명에 비하면 많이 양호한 수준이었다.

왼쪽 팔에 생긴 긴 상처를 제외하면 부상은 찾아보기 힘들 정도였다.

"히, 힐을 못 하게 막아!"

성준이 회복계의 탈을 쓴 전투계 헌터라는 사실은 널리 퍼져 있었다. 그가 힐을 하려는 듯한 동작을 취하자 팀장급의 헌터가 지시를 내리면서 집행부의 총공세가 시작되었다.

"슬래시!"

성준은 시동어와 함께 오러 참격을 날려 보냈다. 동조율이 오르면서 빨라진 오러 참격을 미처 피하지 못한 헌터 여럿이 어딘가 절단된 상태로 피를 쏟으며 바닥에 나뒹굴었다.

"훈련받은 대로 행동해! 합격진이다!"

누군가 외쳤다.

집행부 헌터가 되면 대인전 훈련도 받게 되는데 여럿이서 한 명을 효율적으로 공격하는 합격진은 필수 항목이었다.

하지만 그것도 상대가 너무 강하면 소용없는 법이다.

"울부짖어라, 로엘."

드래곤 피어는 마력의 소모는 많은 편이지만 다수를 상대할 때 이만큼 효과적인 기술은 찾기 힘들었다.

성준이 시동어를 내뱉으면서 마력을 끌어 올리자 로엘이 울부짖으며 주변을 압도했다.

"크, 크윽!"

"윽!"

절대적인 존재에 대한 본능적인 두려움에 B급 헌터들은 크게 비틀거렸고 A급 헌터들조차 잠시나마 경직되었다.

성준은 그들이 경직되면서 움직임이 멈춘 틈을 놓치지 않고 고속 이동술을 펼쳤다.

"크아아악!"

"으아아악!"

1층 로비가 비명으로 물드는 것은 순식간이었다. 헌터들이 피를 흩뿌리며 쓰러졌다. S급 헌터의 절대적인 무력 앞에서 일성 길드 집행부 헌터들은 무력감을 느껴야만 했다.

그들은 아무것도 할 수 없었다.

"당황하지 말고 조를 짜서 사방을 경계해라!"

혼란스러운 상황 속에서도 집행부장은 피해를 줄이기 위해 여러 지시를 내렸고 그것은 꽤 효과를 보이고 있었다.

-집행부장이 지휘 능력이 좋은 편인 것 같습니다. 속히 제거하는 게 좋을 것 같습니다.

리슈발트가 말했다. 성준은 대답 대신 검의 끝을 집행부장에게로 향했다.

"질풍검."

"크아악!"

"으아악!"

일순간 거리가 좁혀졌다. 앞을 막아선 헌터들은 질풍검이 일으킨 검풍에 피투성이가 되어 밀려났다.

"그래! 와라!"

집행부장은 두 개의 검을 한 차례 교차시키며 성준의 움직임을 쫓았다. 그도 A급 헌터 중에서는 상위권에 속하는 실력자였다.

성준의 움직임을 간신히 쫓을 수는 있었지만, 문제는 반응 속도였다.

"끄아아악!"

공격 기세는 읽었지만, 그가 반응하기도 전에 성준의 검이 왼팔을 잘라냈다. 집행부장은 고통에 찬 비명을 토해냈다.

왼팔을 흔들자 잘린 단면에서 붉은 피가 흩뿌려졌다.

"으아아아아!"

집행부장이 발악하듯 외치자 그의 환영이 여럿 생겨나 성준을 노렸다.

-환영이지만 실체가 있습니다. 주의가 필요합니다.

리슈발트가 설명했다. 성준은 환영을 베어 넘긴 뒤, 집행부장과의 거리를 좁히며 검을 휘둘렀다.

"커헉!"

치열한 공방전이 오고 간 끝에 집행부장이 3분을 버티지 못하고 쓰러졌다.

집행부장이 쓰러지자 남은 집행부 헌터들은 허수아비들처럼 아무런 저항도 못 한 채 힘없이 쓰러졌다.

1층 로비를 '청소'한 성준은 다음 층으로 올라갔다. 2층의 헌터들도 모두 죽이고 다음 층으로 올라갔다.

-동조율이 40%가 되었습니다. 완전한 형태의 환영검이 사용 가능합니다.

10층을 지키고 있던 A급 헌터 2명을 죽이고 마력을 흡수하자 리슈발트가 동조율이 올랐다는 사실을 보고했다.

성준은 주변을 살폈지만 길드장으로 보이는 헌터는 찾을 수 없었다.

"리슈발트. 건물 안에는 우리밖에 없는 거 맞지?"

성준이 물었다. 적어도 그가 느끼기엔 건물 안에는 자신을 제외하면 아무도 없었다. 리슈발트도 대답 대신 고개를 끄덕이는 것으로 의견을 표시했다.

'도망쳤나……?'

성준은 두 눈을 가늘게 뜨고 창밖을 보았다. 하지만 대답은 들려오지 않았다. 결국 그는 스마트폰을 꺼내 정철에게 전화를 걸었다.

대량 살상 아이템이 숨겨져 있는 곳도 찾아야 하기 때문에 어차피 전화를 걸 예정이었다.

-강성준 씨! 큰일 났습니다!

통화가 연결되기 무섭게 정철의 다급한 목소리가 스마트폰에서 흘러나왔다.

"무슨 일이죠?"

-제 실수입니다! 대량 살상 아이템을 길드에서 보관하고 있을 거라고 생각했는데 그룹의 비밀 금고에서 보관했던 모양입니다.

"그게 큰일이라고 할 정도의 일입니까?"

성준이 물었다. 그는 정철의 설명 부족으로 인해 상황이 얼마나 심각한지 인지하지 못했다.

스마트폰 너머로 정철이 한 차례 심호흡하는 소리가 들려오는 듯했다.

-김도혁이 대량 살상 아이템을 사용했습니다. 사용된 아이템은 S급인 '독의 향연'으로 추정되고 있으며 일성 그룹 본사 건물에 남아 있던 수백 명에 휩쓸렸습니다.

"생사는요?"

-확인할 수는 없지만 A급 헌터 이하의 마력량을 가진 이들을 모두 5초 안에 즉사시키는 강력한 마력독을 살포하는 '독의 향연'의 특성상 다 죽었을 겁니다.

"김도혁도 죽은 거 아닙니까?"

성준이 물었다. 독이 그렇게 강력하다면 도혁도 살아남지 못했을 것이라는 생각이 들었다.

-'독의 향연'은 살포된 독을 통제할 수 있습니다. 전략사업 본부가 있는 7층을 제외한 일성 그룹 본사 전체가 독에 장악당한 상황입니다. 대부분의 인원이 퇴근한 이후가 아니었다면 피해가 더 심각했을 겁니다.

일성 그룹 본사 건물은 일성 길드 하우스와는 비교도 되지 않을 정도로 규모가 컸다. 사람들이 한창 일하고 있을 때 '독의 향연'을 작동시켰다면……? 그것은 생각도 하기 싫을 정도로 끔찍한 일이었다.

-강성준 씨. 정부에서 요청이 들어왔습니다. 이 마력독은 S급 헌터와 같이 강대한 마력을 지닌 대상한테는 통하지 않는데 지금 당장 움직일 수 있는 S급 헌터는 강성준 씨가 유일합니다. 부디 대량 살상 아이템을 멈춰 주십시오! 이대로 놔뒀다가는 피해가 확산 될 겁니다!

군대와 무장 경찰관들이 포위를 유지하고 있지만, 독이 확산될 때마다 물러날 수밖에 없었다. 독의 형태가 마력독이었기 때문에 방독면도 효과가 없었다.

성준은 쉽게 대답하지 않았다. 짧은 고민 끝에 그가 입을 열려는 순간이었다.

-이건 제 개인적인 부탁이기도 합니다. 김도혁을 막아주신

다면 제 정보기관을 이용할 수 있도록 하겠습니다.

생각하지도 않았던 수확에 성준의 입가에 미소가 번졌다.

"가서 김도혁의 목을 따고 '독의 향연'을 정지시키고 오겠습니다. 정부에 보상이나 준비해 두라고 전하세요."

성준은 대답을 마친 뒤, 인근에 주차해둔 차를 타고 일성 그룹 본사 건물로 향했다. 거리가 가까워질수록 군과 무장경찰들의 모습이 많이 보였다.

피해가 확산 되는 것을 막기 위해 주변을 통제하고 피난 유도를 진행하고 있었던 것이었다. 하지만 그들은 미리 지시를 받은 것인지 성준의 헌터 세단을 검문도 하지 않고 통과시켰다.

"와아아아!"

"S급 헌터 강성준이 왔다!"

일성 그룹 본사 건물 근처에 있는 최종 저지선에 도착하자 환호가 터져 나왔다. 성준은 그들의 환호에 화답할 여유도 없이 독이 장악한 곳으로 걸음을 옮겼다.

"독의 농도가 위험하다 싶으면 바로 보고해."

-알겠습니다.

언제나 만약에 대비하는 모습을 보이는 성준이었다. 그는 리슈발트에게 지시를 내린 뒤, 일성 그룹 본사 건물을 향해 발걸음을 재촉했다.

"시체밖에 없네."

전쟁터를 생각나게 하는 참혹한 모습에 성준은 자신도 모르게 품고 있던 생각을 혼잣말로 내뱉고 말았다.

-정신이 나간 놈입니다. 궁지에 몰렸다고 해서 이런 행동을 하는 것은 정말 비겁한……

리슈발트는 말을 잇지 못했다. 차가운 감성의 기사조차 울컥하게 만드는 광경이 눈앞에 펼쳐졌다.

"그래……. 피해자는 일성 그룹 직원들뿐만이 아니겠지……"

마침 일성 그룹 본사 건물을 지나고 있던 일반인들도 희생되었던 것이었다. 쓰러져 차갑게 식어가고 있는 어린아이들의 모습은 리슈발트조차 할 말을 잊게 만들었다.

"확산 되기 전에 가서 죽인다."

성준의 눈동자가 싸늘하게 빛났다.

"7층까지 단숨에 올라간다."

성준은 선언하듯 말하며 전력을 다해 뛰어올랐다. 단숨에 7층에 도착한 그는 검을 휘둘러 창문을 깨고 안으로 진입했다.

희뿌연 연기로 가득했던 지상과 달리 7층은 깨끗했다. 그 광경은 성준으로 하여금 토악질을 하게 만들기 충분했다.

'더러운 자식……'

'독의 향연'을 작동시키면서 함께 자결한 것도 아니었다. 그것을 사용하면서도 자신의 목숨만은 소중하다고 생각한 것인지 7층은 독 안개가 퍼지지 않도록 통제하고 있었다.

그 모습에 성준은 화가 났다.

본부장실을 향해 거침없이 전진하던 성준의 발걸음이 멈췄다.

-누군가 있습니다.

"그런 것 같네."

기척은 둘.

하나는 마력이 느껴지지 않았기 때문에 도혁이 확실했고 남은 하나는 최상위 A급 헌터 정도의 마력이 느껴지는 것으로 보아 헌터가 확실했다.

'아이템을 사용한 것은 헌터 쪽이겠지…….'

아이템을 사용하려면 마력이 필요하다.

성준은 굳게 닫힌 본부장실의 문을 노려 보며 천천히 기척을 죽인 채 접근했다.

문을 열기 무섭게 그의 미간을 노리고 단검이 날아들었다.

"은신."

성준은 그것을 피하며 침착하게 은신 상태에 돌입했다.

본부장실은 두 사람이 전투를 벌이기에 충분할 정도로 넓었다.

"은신이냐?"

루돌프는 품속에서 뭔가를 꺼내 허공에 던졌다. 천 주머니가 천장에 부딪히면서 터지자 밀가루가 사방에 흩뿌려졌다.

허공에 흩뿌려진 밀가루 탓에 성준의 모습이 드러났다. 루돌프는 그것을 보며 입꼬리를 끌어 올렸다.

"은신 믿고 설치지 마라."

영어로 말했다.

성준은 영어를 잘하는 편은 아니었지만, 그 의미를 어느 정도 이해할 수 있었다.

"내가 은신을 믿고 설치는 것처럼 보이나?"

성준은 입꼬리를 끌어 올렸다.

한국어였지만 신기하게도 의미는 전달되었다. 루돌프는 어느새 꺼내든 방패와 검을 들어 올린 채 성준을 경계했다.

그가 들고 있는 검과 방패에서 선명한 오러가 빛났다.

"루돌프! 저 새끼 당장 죽여!"

도혁이 명령했지만, 루돌프는 섣불리 움직이지 않았다. 성준과 짧은 시선을 교환했을 뿐이었지만 그는 알 수 있었다.

성준이 상상도 할 수 없을 정도로 강하다는 것을.

먼저 움직인 건 성준이었다. 지금도 '독의 향연'에 의해 마력 독이 조금씩 확산 되고 있었다. 한시라도 빨리 루돌프를 죽여야만 했다.

"환영검."

성준은 처음부터 전력을 다했다. 동조율 40%가 되어 제한에서 벗어나 완전한 모습 갖춘 환영검이 시전 되었다.

그 위력은 엄청났다.

"크아아악!"

오러를 머금은 31개의 환영검이 루돌프의 전신을 뒤덮었다.

'헉!'

루돌프는 환영검의 접근을 깨닫고 방패의 오러를 더욱 강화했지만, 원형 방패로는 전신을 방어할 수 없었다.

"커, 커헉!"

31개의 환영검을 모두 막아내는 건 불가능했다.

환영검은 방패가 가리지 못한 하체 부분을 무참하게 찢어발겼다. 상체를 보호하고 있는 방패의 오러 실드마저 환영검의 연격의 버티지 못하고 박살 나면서 방패도 종잇장처럼 허무하게 부서졌다.

"루, 루돌프!"

전신이 난자당한 채 쓰러지는 루돌프를 보며 도혁은 크게 당황했다. 일반인인 그의 눈에는 그저 루돌프가 피를 쏟으며 쓰러지는 모습이 보일 뿐이었다.

"제, 제기랄!"

도혁은 품속에서 권총을 꺼냈다. 그리고 권총을 뽑아 든 오른팔이 잘렸다.

성준이 검을 휘두른 것이었다.

"으아아아악! 이 개자식아아아아!"

오른팔에서부터 시작된 끔찍한 고통이 도혁을 엄습했다. 그는 고통 속에 잘린 팔을 붙잡고 비명과 함께 욕설을 토해냈다.

붉은 피가 쏟아져 작은 웅덩이를 만들었다.

성준은 싸늘한 눈으로 그를 훑었다.

"너, 너! 돈이 필요하면 다 줄게! 그러니까 그만하자!"

"내가 지금 돈이 필요해서 이런다고 생각해?"

"그, 그럼 뭐야! 개 같은 정의의 사도 놀이냐?"

도혁의 고통에 찬 외침에 성준은 입꼬리를 끌어 올렸다.

"아니, 너희가 먼저 날 죽이려고 했으니까. 이유가 있다면 그뿐이야."

성준은 검을 들어 올렸다. 그리고 내려쳤다.

도혁은 비명조차 지르지 못했다. 그의 잘린 머리가 피를 쏟아내며 바닥에 뒹굴었다.

"리슈발트. 독의 향연을 찾아라."

루돌프의 시체에서 마력을 흡수한 성준은 리슈발트를 보며 말했다.

헌터닷컴에서 '독의 향연'과 관련된 이야기는 많이 들어봤지만, 반지 형태라는 것 이상의 정보는 없었다.

-찾았습니다.

리슈발트는 루돌프가 끼고 있는 반지 중에서 녹색 보석이 박혀 있는 것을 가리켰다.

"이게 '독의 향연'이군."

계측기의 감정 기능을 사용해 본 결과, 독의 향연이 확실했다. 성준은 차원 주머니에 집어넣은 뒤, 루돌프의 시체를 살폈다.

"다른 아이템은?"

-C급 아이템 하나와 B급 아이템 둘을 가지고 있습니다. 루팅할 생각이십니까?

리슈발트의 물음에 성준은 고개를 끄덕였다.

"이것도 다 돈이야."

-비밀 금고는 어떻게 할 생각이십니까?

"김도혁, 이 바보 새끼가 '독의 향연'을 사용하는 바람에 일성 그룹이 대량 살상 아이템을 가지고 있다는 사실이 알려졌어. 제한관리청에서 수색해서 알아서 가져갈 거야."

대량 살상 아이템은 제한관리청의 관할이었다.

"우리가 할 일은 이제 없다."

성준은 그 말을 끝으로 계단을 통해 1층으로 내려왔다. 시야를 가릴 정도로 자욱했던 독 안개는 사라졌고 무장한 군인들이 시신을 수습하고 있었다.

처음 왔을 때와 같은 환호는 없었다.

그 속에서 성준은 모습을 감췄다.

도혁이 루돌프를 시켜 '독의 향연'을 사용하는 미친 짓을 하는 바람에 1,319명이 죽었다. 일성 그룹과 경쟁 관계였던 청룡 그룹은 기회를 놓치지 않고 언론전을 펼쳤다.

추모 분위기에 젖어 있는 대한민국 여론은 청룡 그룹의 편이 되었다.

결국 모든 책임은 도혁의 만행을 알고도 침묵했다는 이유로 일성 그룹의 회장인 민성에게 가중되었고 그는 대국민 사과를 발표하면서 무릎을 꿇은 뒤, 유죄 판결을 받았다.

민성이 유죄 판결을 받고 다른 이가 회장직에 올랐지만 찬란했던 일성의 이름은 도혁의 만행으로 인해 과거의 영광이 되어 버린 지 오래였다.

-김민성을 죽이지 않을 생각이십니까?

민성이 수감 된 다음날 리슈발트가 물었다. 성준이 마음만 먹으면 교도소에 침입하여 민성을 죽이는 건 쉬운 일이었다.

"굳이 죽일 필요가 있을까? 김민성은 모든 것을 잃었어."

성준이 말했다.

그의 말대로 민성은 막내아들과 그룹, 그리고 명예를 잃었다.

"살아 있는 편이 더 고통스러울 거야."

-확실히 그렇겠군요.

성준의 설명에 리슈발트는 고개를 끄덕이며 대답했다. 그의 말뜻을 이해할 수 있을 것 같았다. 모든 것을 잃은 자는 살아가는 게 죽음보다 힘든 법이었다.

"굳이 내가 나서지 않아도 죽을 거야."

성준이 혼잣말처럼 중얼거렸지만, 그의 예상은 적중했다. 며칠 뒤, 민성이 감방에서 시체로 발견된 것이었다.

공식적인 발표는 자살이었지만 '독의 향연'에 희생당한 누군가의 가족이 원한을 품고 저질렀을지도 모르는 일이었다.

폭풍과도 같았던 시간이 지나가고 자신의 방 소파에 앉아서 휴식을 취하고 있던 성준은 스마트폰 벨 소리를 듣고 몸을 일으켰다.

"여보세요?"

성준은 스마트폰 화면도 확인하지 않고 전화를 받았다.

-강성준 씨? 저 김현성 팀장입니다! 그동안 뉴스를 본 게 있어서 잘 지내셨냐고 묻기도 조금 그렇네요.

스마트폰에서 익숙한 목소리가 흘러나왔다.

"오랜만에 전화하셨네요."

-일성 그룹의 김도혁이 대형 사고를 치는 바람에 많이 바빴습니다. 강성준 씨가 해결해 주신 덕분에 그나마 일이 한시름 놓았지만, 여전히 일이 많았습니다.

도혁 때문에 대한민국은 난리가 났고 많은 사람들이 바빠졌다. 현성의 말대로 성준이 빠르게 해결하지 않았다면 더 큰 난리가 나고 모두가 많이 바빠졌을 것이다.

"오늘은 무슨 일로 전화를 주셨습니까?"

-그렇지 않아도 안부를 여쭙고자 했는데 마침 연락드릴 일이 생겼습니다.

"이번 사태와 관련된 일입니까?"

성준이 물었다.

대량 학살을 막았으니 국가에서 포상을 줄 수도 있었다.

-정부에서 3성 훈장 수여가 결정되었습니다.

헌터들 사이에서 '스타'라고도 불리는 이 훈장은 4성 훈장이 제일 상위에 있으며 던전 레이드 사태 발생 후, 그와 관련된 분야에 공을 세운 헌터나 관련직 종사자에게 수여하기 위해 만들어진 훈장이었다.

"잘 되었네요."

-너무 실망하지 마세요. 아이템 우선권 지급도 결정되었습니다.

아이템 우선권이 있으면 레이드 상황에서 수거된 아이템 하나를 우선적으로 선택할 수 있다. 쓸 만한 권한이었기 때문에 통화를 이어가는 성준의 입가에 미소가 번졌다.

-축하드립니다. 강성준 씨.

현성의 축하를 끝으로 통화가 끝나자 성준은 시계를 확인했다.

오후 2시였다.

그는 오랜만에 '아이언'에 방문하기로 마음먹었다. 주차장으로 내려간 그는 자신의 차, 운전석에 올라탔다.

그리고 아이언 헌터 수련장을 향해 차를 몰았다.

-수련장으로 가시는 겁니까?

리슈발트가 물었다. 성준은 대답 대신 고개를 끄덕였다.

그는 며칠 동안 수련장에서 가벼운 운동을 하면서 몸을 풀었다. 훈장 수여 문제는 귀찮은 절차를 모두 생략해달라고 했더니 정부의 고위급 인사가 찾아와 간략하게 수여했다.

'독의 향연' 문제도 정철이 처리해 준 덕분에 성준이 소유할 수 있게 되었다. 아이템 우선권도 1장 지급 받았다.

"강성준 씨."

운동을 하면서 은주와 10분 동안 통화를 끝낸 성준에게 누군가 다가왔다. 머리를 뒤로 묶고 정장 차림을 한 그녀는 윤설아였다.

"훈장 수여 축하드려요."

"쓸데없다는 걸 잘 아시잖아요?"

설아의 말에 성준은 미소를 지었다. 훈장에는 혜택이 거의 없었기 때문에 기쁘지는 않았다. 아이템 우선권이라도 지급 받은 게 다행이었다.

어떻게 보면 마정검보다 의미 없는 게 3성 훈장이었다.

"잠깐 시간 괜찮으세요?"

"어차피 내일까지 쉬려고 했습니다."

"올라갈까요?"

성준이 고개를 끄덕이자 설아는 먼저 발걸음을 옮겼다. 두 사람은 8층으로 올라갔다.

"길드 계획은 잘 진행되고 있습니까?"

설아의 개인 사무실에 들어서기 무섭게 성준은 자연스레 소파에 앉으며 그녀에게 물었다.

설아는 피곤한 표정으로 입을 열었다.

"김도혁 씨가 사고를 친 덕분에 청룡 그룹의 위치는 올라갔지만, 길드 계획에는 제동이 걸렸어요."

"어째서죠?"

"이번 일로 대기업에서 길드를 보유하는 것에 문제가 제기되었어요."

"길드 계획이 취소되는 겁니까?"

성준이 물었다.

길드 계획이 취소된다면 성준은 더 이상 청룡 그룹에서 제공하는 혜택을 받지 못하게 될 수도 있었다.

필요성이 많이 사라지기 때문이다.

"계획이 취소되는 건 아니에요. 다만 조금 늦춰질 뿐이죠. 여론은 시간이 지나면 잠잠해질 거예요."

설아의 말에 성준은 고개를 끄덕였다.

두 사람 간의 대화가 잠시 중단되었다. 그 순간, 성준의 스마트폰이 울렸다.

화면을 확인하니 현성이었다.

"무슨 일이시죠?"

-국가에서 협력 요청이 들어왔습니다. 이런 경우가 흔하지는 않은데…… S급 레이드 상황이 발생할 지점을 예측한 것 같습니다.

"얼맙니까?"

성준이 물었다. 국가에서 헌터에게 협력 요청을 할 경우 반드시 보상금이 제시되어야만 한다.

-1,500억 원입니다.

7장
겨울 군주

"S급 레이드 상황이라더니…… 보수가 너무 짠 거 아닙니까?"

-기본 보수만 1,500억입니다. 마정석 정산금은 따로 분배될 예정입니다.

"혹시 레이드 규모도 예측되었습니까?"

성준은 설아에게 양해를 구한 뒤, 창가로 가서 통화를 이어 갔다.

-대규모로 보입니다.

"나쁘진 않네요."

대규모 S급 레이드라면 기본 보수가 1,500억이라도 마정석 정산금이 별도라면 최종 정산금은 3,000억을 넘게 될 확률이 매우 높았다.

"다른 건 특혜는 없습니까?"

-아직은 책정된 게 없습니다.

"협력 요청이라는 건 거절할 수도 있다고 들었습니다."

-하하하.

성준의 말에 현성은 가벼운 웃음을 흘렸다.

-저희가 더 해드릴 수 있는 건 10% 추가 정산 정도밖에 없습니다.

"그 정도면 충분합니다."

정산금 단위가 수백억이기 때문에 10% 추가 정산만 받아도 많은 정산금이 배분된다. 성준의 입가에 미소가 번졌다.

"어디로 가면 됩니까?"

-어디에 계십니까? 차량을 보내겠습니다.

"아이언 헌터 수련장입니다."

-마침 차량 하나가 근처에 있군요. 바로 보내겠습니다.

통화가 끝나자 성준은 창가에서 물러나 설아를 향해 시선을 옮겼다.

성준보다 먼저 설아가 입을 열었다.

"이유는 모르겠지만 가보셔야 하죠?"

"급한 일이라고 하네요."

"그러면 빨리 가야죠. 다음에 다시 연락드릴게요."

설아는 아쉬움이 묻어 나오는 목소리로 말했다. 그에 대한 마음은 어느 순간부터 고개를 들기 시작했다.

이제는 태석의 지시가 없더라도 먼저 연락하는 단계에 접어들었다. 오늘도 태석의 지시 없이 먼저 접촉했지만 이렇게 빨리 헤어지게 되어서 아쉬웠다.

성준은 좀처럼 아쉬움을 감추지 못하는 설아를 뒤로 한 채 1층으로 내려갔다. 주차장에 검은 세단이 정차해 있었다.

"S급 헌터 강성준 씨?"

"접니다."

"관리국에서 나왔습니다. 지휘부까지 안내하겠습니다."

정장을 입은 남자는 성준을 보더니 정중하게 고개를 숙이며 말했다. 다른 한 명의 남자가 뒷좌석의 문을 열었다.

"탑승하시지요."

성준이 뒷좌석에 앉자 운전기사와 다른 수행원이 각각 운전석과 조수석에 앉았다.

"바로 출발하겠습니다. 괜찮으시겠습니까?"

수행원이 물었다. 성준이 대답 대신 고개를 끄덕이자 운전기사는 차를 출발시켰다. 성준과 정장을 입은 남자 2명을 태운 차는 서울을 벗어나 한참을 달렸다.

'파주?'

이윽고 저녁 시간쯤이 되어서 그들이 도착한 곳은 파주의 어느 산속이었다.

"내리시죠."

운전기사가 먼저 내려서 뒷좌석 문을 열어주었다. 성준은 차에서 내리기 무섭게 주변을 훑어보았다.

컨테이너 박스와 천막들이 줄지어 있었고 수십 대의 차량이 주차되어 있었다. 군용 차량도 다수 보였고 무장한 군인들도 바쁘게 돌아다니고 있었다.

"여기가 본부입니다. 당분간 여기 계셔야 합니다. 편의 시설이 갖춰져 있으니 많이 불편하지는 않을 겁니다."

수행원이 말했다. 그는 시계를 확인한 뒤, 다시 입을 열었다.

"곧 담당자가 올 겁니다."

"전 괜찮으니까 일 보세요."

"감사합니다. 그럼 실례하겠습니다."

성준의 말에 수행원은 고개를 숙여 감사를 표하고는 곧바로 물러났다. 일이 많이 바쁜 모양이었다.

5분 정도 기다리자 정장을 입은 남자 한 명이 성준에게 다가왔다. 잘 정리된 짧은 머리에 피곤해 보이는 창백한 안색이 인상적인 그는 밝은 미소와 함께 성준을 반겼다.

"강성준 씨?"

성준이 대답 대신 고개를 끄덕이자 그는 말을 이어가기 위해 입을 열었다.

"반갑습니다. 저는 던전 관리국의 조사 2팀을 맡고 있는 임

차현 팀장이라고 합니다."

그는 자신을 소개하면서 성준에게 명함을 내밀었다.

"예상이랑은 다르네요."

성준이 대답했다. 그는 당연히 헌터 관리국의 김현성 팀장이 담당자로 배정될 줄 알고 있었다.

"헌터 관리국에서는 김도혁이 일으킨 대량 살상 아이템 사건 때문에 난리가 났습니다. 아마 따로 인력을 빼기는 힘들 겁니다."

차현은 성준이 상황을 이해하기 쉽게 잘 설명해 주었다.

"이해했습니다."

"배정된 숙소로 이동하면서 현 상황을 설명해드려도 되겠습니까?"

"그렇게 해주세요."

성준의 대답에 차현은 먼저 발걸음을 옮겼다. 옆으로 언뜻 보이는 컨테이너 위에는 구별을 위한 일련번호가 붙어 있었다.

"저희가 차원 관문의 조짐을 포착한 건 3일 전입니다."

"쉬운 일은 아니었을 텐데요."

차원 관문은 사전 조짐 없이 갑작스럽게 열리는 경우가 대부분이었기 때문에 예측하는 게 쉽지 않았다.

"쉽지는 않았지만, 이번에는 유난히 조짐이 커서 말입니다. 관리국에서 어떻게든 포착하고 분석할 수 있었습니다."

성준은 차현을 뒤따라 분주히 발걸음을 옮겼다. 본부는 넓었고 배정받은 숙소는 조금 떨어져 있는 것 같았다.

"설명을 계속 이어가겠습니다. 던전 관리국 레이드 상황실의 분석에 의하면 최소 대규모 S급 레이드 상황이 발생할 것으로 추정되고 있습니다."

"대규모라면 어느 정도입니까? 분석이 가능합니까?"

성준이 물었다. 대규모 S급 레이드 상황은 처음이었기 때문에 모르는 게 많았다. 차현은 휴대 중인 태블릿 PC를 한 차례 확인하더니 입을 열었다.

"파주시 전체입니다."

"엄청나군요. 상황이 언제 발생할지도 예측했습니까?"

"정확한 시점은 예측하지 못했지만, 마력의 유동으로 볼 때 일주일 안에 레이드 상황이 발생할 겁니다."

"일주일이라……"

성준은 두 눈을 가늘게 뜨고 주변을 살폈다. 3일 만에 이 정도 인원이 모인 걸 보면 일주일이면 꽤 많은 이들이 더 모일 것 같았다.

파주시 전체에 레이드 상황이 발령되더라도 해볼 법하다는 생각이 들었다.

"대한민국의 S급 헌터 전원에게 협력을 요청했지만, 현재까지 응답한 분들은 강성준 씨를 포함해 5명이 전부입니다."

국가에선 S급 헌터에게 협력을 요청할 수는 있지만 어떤 것을 강제할 수는 없었다. 때문에 귀찮은 절차를 생략하기 위해서 헌터를 휘하에 두려고 노력하는 것이었다.

"명단을 볼 수 있겠습니까?"

"협력을 승인하면서 강성준 씨도 관계자가 되셨습니다. S급 헌터이시니 1급 기밀에 접근할 수도 있습니다. 명단 열람 정도는 어렵지 않죠."

차현은 흔쾌히 고개를 끄덕이며 태블릿 PC를 몇 번 터치한 후, 성준에게 보여주었다.

[6위 나준열.]

[10위 백하연.]

[12위 차은주.]

[13위 유강철.]

[14위 강성준.]

무장경찰국 소속의 나준열을 제외하면 협력 요청을 승인한 S급 헌터들은 랭킹 하위권이었다.

"중상위권에 계신 분들은 엉덩이가 무겁죠. 모든 걸 가진 분들이라서…… 아마 국가가 멸망할 정도의 위기가 아니면 움직이지 않을 겁니다."

명단을 살피는 성준의 눈동자에 담긴 의미를 읽은 것인지 차현이 어색한 미소를 지으며 말했다.

"제가 해야 할 일은 뭡니까?"

"강성준 씨는 회복계지만 전투계를 상회 하는 전투 능력을 가지고 계신 걸 관리국에서는 인지하고 있습니다."

차현이 말했다. 성준의 전투 능력이 뛰어나다는 것은 그동안의 활약으로 인해 널리 퍼진 사실이었다.

"그래서 30명 정도 규모의 공략팀을 하나 맡길 생각입니다."

"공략팀이요?"

성준은 눈살을 찌푸렸다. 그는 급조된 공략팀을 통제하기 힘들다는 것을 헌터닷컴을 봐서 잘 알고 있었다.

헌터들은 자존심이 강한 경우가 많았다. 그리고 그런 현상은 등급이 높을수록 두드러진다.

"통제하긴 힘드시겠지만 이렇게 레이드 범위가 넓어지면 S급 헌터가 통제하는 공략팀이 가장 효율이 좋습니다."

"정규 공략팀도 없는 제 팀에 임시라고는 하지만 들어오려고 하겠습니까?"

"추가 정산을 미끼로 던질 생각입니다. 물론 통제에 불응하면 추가 정산은 없던 걸로 하는 거죠."

차현의 말에 성준은 고개를 저으며 입을 열었다.

"그 정도로는 부족합니다. 상황이 발생했을 때 통제되지 않는 사람들을 데리고 공략을 진행한다는 건 자살 행위입니다."

전생에 로우켈의 이름을 가지고 전장을 휩쓸었던 그는 통제되지 않는 부하들이 얼마나 위험하고 아군에 악영향을 끼치는지 알고 있었다. 그래서 공략팀을 지휘해 달라는 차현의 제안에 부정적인 태도를 보일 수밖에 없었다.

강경한 성준의 태도에 차현은 짧은 한숨과 함께 입을 열었다.

"강성준 씨. 레이드 상황에서 발생하는 '사고사' 정도라면 저희가 해결할 수 있습니다."

"그게 무슨 말씀이십니까?"

성준은 처음에는 차현의 말을 이해하지 못했다.

그러나 그의 말에 담겨 있는 의미를 곱씹자 숨어 있던 의도가 드러났다.

"'사고'를 잘 이용하시길 바랍니다."

차현은 섬뜩한 미소를 지어 보였다.

차량이 어느 조립식 주택 앞에 멈추자 차현은 성준을 향해 몸을 돌리며 두 팔을 펼쳐 보였다.

"도착했습니다."

"컨테이너일 줄 알았는데 생각보다 괜찮네요."

성준은 솔직하게 말했다. 본부를 가득 채우고 있는 컨테이너를 봤을 때만 해도 한숨이 나왔었다.

"S급 헌터님들을 위한 특별한 배려라고 생각해 주시면 감사하겠습니다. 물론 자택처럼 편하지는 않을 겁니다. 그래도 국가를 위한다고 생각하고 며칠만 버텨주세요."

차현은 말을 마치며 성준에게 비밀번호를 가르쳐 주었다. 내부가 넓지는 않았지만 아늑했다.

-나쁘지는 않군요. 좋지도 않지만 제가 둘러보니 다른 곳보다는 괜찮은 것 같습니다.

까다로운 리슈발트가 합격점을 줬다.

성준은 거실의 소파에 몸을 던졌다.

"그럼 저는 이만 가보겠습니다. 이번 일에서 강성준 씨의 담당자는 저로 결정되었으니까 필요한 게 있으면 언제든지 연락주세요. 제 전화번호는 메시지로 남겨 드리겠습니다."

"지금 제가 할 일은 없습니까?"

"지금 당장은 없습니다. 아마 중요한 브리핑 참석을 빼면 귀중한 시간을 뺏는 일은 없을 겁니다."

차현이 떠났다.

성준은 소파에 앉아 멍하니 천장을 올려다보았다. 딱히 할 일이 생각나지 않았다. 그는 할 일 없이 시간을 보내는 것을 멈추고 숙소를 나왔다.

-산책입니까?

리슈발트의 물음에 성준은 고개를 끄덕였다.

"그래, 가만히 있는 것보다는 바람이라도 쐬는 게 나을 것 같아서."

성준은 할 일 없이 본부를 떠돌았다. 본부는 넓었고 볼거리도 많았다. 차현의 말대로 자존심 강하고 귀찮은 것을 싫어하는 헌터들을 위한 편의 시설이 다수 갖춰져 있었다.

공원이라고 조성되어 있는 황폐한 공터의 벤치에 앉아 생각을 정리하고 있다 보니 익숙한 기척이 느껴졌다.

기척을 죽이고 천천히 접근해 오고 있었지만, 성준의 예리한 감각을 속일 수는 없었다.

"최은주 씨는 어디 가고 혼자십니까?"

성준은 기척이 느껴지는 곳으로 고개를 돌렸다. 그곳에는 긴 머리카락을 붉게 물들인 여인이 서 있었다.

"백하연 씨."

성준은 그녀를 보며 미소를 지었다.

"은주는 지금 오고 있어요. 저라고 해서 은주랑 매일 같이 다니는 건 아니랍니다."

"농담 삼아 한 말입니다."

"알고 있어요. 옆에 앉아도 되나요?"

"물론이죠."

성준이 허락하자 그녀는 그의 옆에 앉았다.

"며칠 전에 한 건 하셨던데요?"

하연은 미소를 머금은 채 성준을 보며 말했다. 일성과 관련된 일을 말하는 것이었다.

성준은 고개를 끄덕이며 입을 열었다.

"어쩌다 보니 그렇게 되었습니다."

"'독의 향연'은 저도 알고 있는 아이템이에요. 강한 마력독을 퍼뜨리는 대량 살상 아이템이라서 강성준 씨가 나서지 않았다면 최소 수천 명이 죽었을 거예요."

"S급 헌터에게는 통하지 않는 마력독이잖습니까? 제가 아니라도 다른 S급 헌터가 나섰을 겁니다."

성준의 대답에 하연은 고개를 저었다.

"이번에 합류한 명단만 봐도 알 텐데요? S급 헌터들은 다들 이기적이고 움직이는 걸 귀찮아해요. 유일하게 국가 소속이면서 부지런한 나준열 씨는 그때 지방 출장 중이셨으니까…… 피해는 꽤 번졌겠죠?"

자신의 활약을 너무 부정하는 것도 좋지 않았기 때문에 성준은 말없이 듣고 있었다. 하연은 입가에 미소를 그린 채 말을 이어가기 위해 입을 열었다.

"강성준 씨한테는 언제나 도움만 받네요."

"무슨 말씀이신지……?"

성준이 물었다. 차규태의 일 말고는 아는 게 없었다.

"제 동생이 일성 그룹 본사 근처에서 자취하고 있었거든요. 미처 피난하지 못했었는데, 강성준 씨가 빨리 처리해 준 덕분에 살 수 있었어요."

"무사해서 다행입니다."

"강성준 씨 덕분인 걸요. 제 동생 말고도 많은 사람들을 구하셨어요."

하연의 말에 성준은 대답 대신 입가에 가벼운 미소를 머금었다.

"언제 한 번 시간 내주시겠어요? 동생이 강성준 씨를 꼭 한번 보고 싶대요."

"동생분이 저를요?"

"네. 여자예요."

"조만간에 시간을 내도록 하죠."

"강성준 씨도 남자였네요."

하연은 기분 좋은 표정으로 고개를 저었다. 솔직한 성준의 모습이 오히려 그녀의 기분을 좋게 만들어주었다.

그와 만날수록 호감이 갔다.

"'로열크로스'도 함께 온 겁니까?"

"네. 그런데 이번 레이드는 워낙 규모가 커서 저한테 추가 인원이 편성될 거라네요."

급조된 공략팀을 맡게 되는 건 성준뿐만이 아닌 것 같았다. 물론 하연 쪽은 그녀를 따르는 '로열크로스' 정규 공략팀이 있으니 추가 인원이 편성되더라도 통제하기 어렵지 않을 것이다.

이런저런 이야기를 하다가 습관적으로 시계를 확인했더니

벌써 밤 10시가 되어 있었다. 더 이상 하연의 시간을 뺏는 것도 실례라고 생각했기에 성준은 먼저 벤치에서 일어나며 입을 열었다.

"먼저 들어가 보겠습니다."

"벌써 가시게요?"

예상과는 달리 하연의 목소리에서 아쉬움이 묻어 나왔다.

"레이드 상황이 언제 발생할지 모르니까 충분히 쉬어야죠."

"지금 따라가면 '무한동력'이 쉬는 모습을 볼 수 있는 건가요? 특종감인데요?"

성준에게는 '정당방위' 외에도 '무한동력'이라는 별명도 있었다. 다른 헌터들에 비해 휴식 시간이 짧아서 붙여진 별명이었다.

"별거 없습니다."

"내일 봐요."

하연과 헤어지고 숙소로 돌아온 성준은 침대 위에 몸을 던졌다. 피곤하지는 않지만 열린 창문으로 들어오는 적당히 시원한 바람은 기분 좋은 졸음을 유발했다.

정신을 차렸을 때는 아침이었다.

자는 사이 차현이 보낸 메시지에는 본부의 약도가 첨부되어 있었다.

성준은 약도를 살폈다.

'가깝네.'

숙소 근처에 헌터들이 이용할 수 있는 식당이 하나 있었다. 성준은 우선 그곳에서 아침 식사를 해결하기로 마음을 먹고 발걸음을 재촉했다.

"S급 헌터 강성준 씨 아냐?"

"와아. 나 S급 헌터는 처음 봐."

성준이 식당에 들어서자 그의 얼굴을 알아본 헌터들의 선망 어린 시선이 집중되었다. 대한민국에서 S급 헌터를 볼 기회는 흔치 않았고 그들은 헌터들이 선망하는 대상이었기 때문에 시선이 모이는 것은 당연했다.

-옛날 말단 기사 시절이 떠오릅니다.

식당을 한 차례 둘러본 리슈발트가 추억에 젖은 목소리로 말했다. 자율배식 형태의 식당을 보고 과거 말단 기사 시절을 떠올린 것이었다.

"나준열 씨야!"

누군가 외치자 성준에게 집중되었던 시선이 레이팅 6위의 S급 헌터 나준열을 찾기 위해 일제히 흩어졌다가 어느 한 지점에 집중되었다.

식당 출입구를 통해 나준열은 천천히 걸어오고 있었다.

160㎝ 정도 되는 왜소한 체격에 안경을 낀 그는 중학교 모범생의 이미지와 닮아 있었다. S급 중에서도 마법계 헌터니까

모범생 이미지가 묘하게 어울렸다.

-상당한 마력이 느껴집니다.

리슈발트가 말했다. 성준은 대답대신 고개를 끄덕였다. 배식을 끝낸 나준열은 주변을 쓱 한 차례 훑더니 성준의 앞으로 다가왔다.

"앞에 앉아도 되겠습니까?"

준열이 물었다.

안 될 이유가 없었기 때문에 성준은 흔쾌히 고개를 끄덕였다.

"감사합니다."

준열은 정중한 태도를 보이며 성준의 앞에 앉았다. 그에게 먼저 말을 걸 만한 화제가 없었기 때문에 성준은 말없이 수저를 들어 올렸다.

그 모습을 보며 준열은 차분한 표정으로 입을 열었다.

"일성 그룹의 김도혁 사건 말입니다."

성준은 수저를 움직이는 것을 멈추고 준열을 향해 시선을 옮겼다.

"가만히 놔뒀으면 많은 사람들이 죽었을 겁니다. 제가 대한민국을 대표할 수 있다면, 대신해서 감사 인사를 드리고 싶습니다."

준열은 다른 헌터들과는 달리 애국심이 강했다. 만약 국제 조약이 없었다면 군에 입대했을 것이다.

"그 말을 하고 싶었습니다."

준열은 음식의 절반가량을 남긴 식판을 두고 자리를 떠났다. 대화라고 할 수도 없을 정도로 짧고 일방적이었지만 성준은 적어도 준열이 자신에게 나쁜 감정이 없다는 것 정도는 알 수 있었다.

직원이 달려와 식판을 치울 때쯤이 되자 성준도 식사를 끝내고 식당에서 나왔다.

찬바람을 쐬며 숙소를 향해 가는데 전화가 울렸다. 차현이었다.

"여보세요."

-안녕하세요. 강성준 씨. 임차현 팀장입니다. 지난 밤, 안녕하셨습니까?

"네. 별일 없었습니다. 무슨 일로 전화 주신 겁니까?"

-공략팀이 편성되었습니다.

"생각보다 빠르네요."

성준이 대답했다. 2일은 더 걸릴 것이라 생각했었다.

-차원 관문이 언제 열릴지 모르니까요. 저희도 노력하고 있습니다.

"어디로 가면 됩니까? 저도 팀원들 얼굴 한번 보고 싶네."

-모시러 가겠습니다. 숙소에서 꽤 멉니다.

본부로 사용되는 부지는 넓었기 때문에 차현이 멀다고 할 정도면 차량을 이용해야만 했다. 먼저 숙소에 도착한 성준은 커피를 마시며 차현을 기다렸다.

군용 차량이 아닌 검은색 승합차가 도착하고 조수석에서 차현이 내려서 뒷좌석 문을 열어주었다.

"타시죠. 모시겠습니다."

성준이 뒷좌석에 올라타자 승합차는 차현을 태운 뒤, 출발했다. 차를 타고 5분 정도 이동했다. 차량이 멈춘 곳에는 꽤 커다란 가건물이 한 채 있었다.

"여기입니다. 다들 모여 있습니다."

마치 비행장의 격납고를 연상시키는 반원형의 건물 안으로 들어가자 접이식 의자에 앉아 있는 헌터들의 모습을 볼 수 있었다.

-31명입니다. A급 헌터는 6명, B급 헌터는 25명입니다.

리슈발트는 모여 있는 헌터들의 마력량을 재빨리 확인하고는 성준에게 보고했다. 보는 눈이 많았기 때문에 성준은 대답 대신 고개를 작게 끄덕였다.

"오래 기다리셨습니다. 여러분의 팀을 맡을 S급 헌터이신 강성준 씨입니다."

형식적이고 짧은 박수 소리가 들렸다.

성준은 앞으로 나가 인사했다.

"반갑습니다. 잘 부탁합니다."

성준은 미소와 함께 시선을 움직여 헌터들을 한 차례 훑었다. 그런데 유난히 따가운 시선이 느껴졌다.

시선을 옮기자 그곳에는 불량스러워 보이는 헌터가 성준을 노려보고 있었다.

단순히 노려보는 것에서 그치지 않았다. 살기를 보내고 있었다. 이것은 명백한 도발이었다.

-A급 헌터입니다. 마력량으로 볼 때 상위권으로 추정됩니다.

두 사람의 시선 날카로운 시선 교환을 눈치챈 것인지 리슈발트는 급히 자신이 알아낸 정보를 성준에게 보고했다.

'한 번 해보자는 건가……?'

성준은 살기 대신 싸늘한 시선을 보내는 것으로 경고했지만 A급 헌터는 살기를 더욱 강하게 보냈다. 이제는 다른 헌터들도 눈치챌 수 있을 정도로 노골적이었다.

S급 헌터는 희귀했기 때문에 가끔씩 A급 상위권쯤 되는 헌터들이 하는 대표적인 착각 중 하나가 자신이 전력을 다하면 S급 헌터를 제압할 수 있을지도 모른다는 것이었다.

물론 A급 헌터 상위권 이상에서도 생각이 모자란 이들이 하는 착각이었다.

'다 보고 있어서 물러날 수는 없겠네.'

성준은 입꼬리를 끌어 올렸다. 노골적인 살기 때문에 모두의 시선이 접중되어 있는 상태였다. 여기서 물러나면 다른 헌터들에게도 얕보일 수도 있었다.

처세의 문제겠지만, 성준은 이런 사소한 게 귀찮은 문제로 발전하는 것을 원치 않았다. 그래서 정공법을 택하기로 했다.

'개방.'

그는 망설임 없이 살기의 일부를 해방했다. A급 헌터에게 싸늘한 시선이 꽂히면서 소름 끼칠 정도로 짙은 살기가 흘러들었다.

"음……!"

A급 헌터는 짧은 신음을 흘리며 눈살을 찌푸렸다. 성준의 살기가 이 정도로 차갑고 짙을 줄은 예상하지 못한 것이다. 하지만 그는 살기를 흘리는 것을 멈추지 않았다.

'이 정도는 버티네? 그래도 A급 헌터라 이거네.'

성준은 살기의 농도를 더욱 올렸다.

차가운 냉기를 머금은 살기가 퍼져 나가자 주변의 공기가 마치 얼어붙은 것처럼 차가워졌다. 고요한 눈동자 너머로 날카로운 얼음 폭풍이 불었다.

A급 헌터는 이를 꽉 악물었다. 자신의 패배가 보였지만 물러나기엔 너무 늦고 말았다. 모두가 두 사람에게 집중하고 있었다.

"이, 이익!"

A급 헌터는 살기를 최대한으로 개방했다.

근처에 앉아 있는 B급 헌터 몇 명이 진득한 살기의 흐름에 눈살을 찌푸렸다.

-슬슬 제압해도 될 것 같습니다.

리슈발트가 진언했다.

성준은 대답 대신 살기의 농도를 더욱 올렸다.

"크하악!"

"커헉!"

수십 년 동안 전장에서 무수히 많은 적을 죽이면서 단련한 살기는 평범한 헌터가 당해낼 수 있는 게 아니었다.

A급 헌터의 주변에 앉아 있던 B급 헌터 몇 명이 고통에 찬 비명을 토해내며 옆으로 급히 물러났다.

하지만 A급 헌터는 미동도 하지 않았다. 이쯤이면 이제 오기로 버티고 있는 것이었다.

-주군. 살기를 최대한도로 개방하는 게 좋을 것 같습니다. 저자가 다소 피해를 입더라도 압도하는 모습을 보이는 게 좋습니다.

성준은 고개를 끄덕이며 살기를 최대한으로 개방했다.

그 순간 A급 헌터는 느꼈다. 자신의 목을 조여 오는 무형의 존재를.

"커헉!"

냉혹한 손길은 목을 조여 왔고 죽음의 사자가 내민 낫이 목에 닿은 듯 차가운 감각이 전해져 왔다.

"아으으…… 아으으……!"

코에서는 피가 터져 나왔고 두 눈은 붉게 충혈되었으며 눈물이 흘러나오고 있었다. 그 모습을 보고도 성준은 냉혹한 살기를 보내는 것을 멈추지 않았다.

차현이 개입을 망설이고 있을 때였다. 누군가 성준의 앞을 막아섰다.

"커헉!"

그리고 짧은 신음을 토해냈다. 성준은 황급히 살기를 거뒀다. 끼어든 남자는 힘겹게 고개를 들어 올렸다.

성준이 전력을 다한 살기를 받아냈음에도 불구하고 표정 변화가 거의 없었다.

"박장훈 씨가 졌습니다. 계속하면 저 친구, 고집이 세서 안 비키고 있다가 죽을 수도 있습니다."

"이름이 어떻게 됩니까?"

"제 이름은 유신철입니다."

성준은 두 눈을 가늘게 뜨고 그를 살폈다. 입고 있는 로브 형태의 아이템으로 보아 마법계 헌터가 분명했다.

"잠깐이지만 살기를 버텨내기 힘들었을 텐데…… 표정은 평온해 보이네요."

"일시적이지만 마력으로 정신을 자극해서 버틸 수 있었습니다."

신철의 대답에 성준은 흥미로운 표정을 지었다. 마력으로 정신을 자극해서 살기를 버틴다? 재밌는 대응 방법이었다.

"본의 아니게 사고를 치게 되었습니다. 브리핑은 저녁에 하도록 하죠. 괜찮겠습니까?"

성준은 차현을 보며 물었다. 차현은 대답 대신 고개를 끄덕였다. 이윽고 성준의 시선이 다시 신철에게 향했다.

"친구분입니까?"

"그렇다고 볼 수 있죠. 어렸을 때부터 알고 지냈으니까요."

"적당히 경고해두는 게 좋을 겁니다. 레이드 현장에서 이런 일 발생하면 목숨은 보장 못 합니다."

성준이 말했다. 그의 말에 담겨 있는 많은 뜻을 신철은 완벽하게 이해한 듯 의미심장한 미소를 지으며 고개를 끄덕였다.

"제가 경고하지 않아도 이제 강성준 씨한테 대들지 않을 겁니다. 강자한테는 약한 친구거든요."

"그렇다면 다행이군요."

성준은 그들을 뒤로 한 채 발걸음을 옮겼다.

"저게 S급 헌터의 살기인가……?"

"내가 죽는 줄 알았어."

"정말 대단한 것 같습니다."

뒤에서 성준의 실력에 감탄하는 목소리가 들려왔다. 그는 입가에 희미한 미소를 머금은 채 숙소로 돌아왔다.

-유신철이라는 마법계 헌터, 센스가 제법 좋은 것 같습니다.

숙소로 돌아오기 무섭게 리슈발트가 말을 걸어왔다. 성준도 같은 생각이었기 때문에 고개를 끄덕이며 입을 열었다.

"그래, 마력으로 정신을 자극한다는 게 쉬운 건 아니지."

마력으로 신체를 자극해 강화하는 마법, 버프 같은 것은 많이 있어도 정신력을 강화하는 종류는 많이 없었다.

정신은 신체에 비해 섬세하기 때문에 마력을 이용한 자극이 까다롭기 때문이었다.

-마법 센스가 뛰어난 것 같습니다.

"그래, 어쩌면 S급 헌터가 될 자질이 있을지도 모르지."

-눈여겨볼 생각이십니까?

리슈발트의 물음에 성준은 고개를 끄덕였다.

"사람 일은 어떻게 될지 모르니까……. 내가 길드를 이끌게 될 수도 있잖아?"

성준이 머지않은 미래에 길드를 이끌게 될 가능성은 컸다.

마음만 먹으면 설아를 통해서 청룡 그룹의 지원을 받아 길드를 세울 수 있을 것이다.

그리고 혹여나 이계와 전면전이 벌어지게 된다면 손발로 쓸 수 있는 친위대 하나 정도는 데리고 있는 게 좋았다.

-이계와의 전면전을 준비하는 겁니까?

"그럴 일이 없으면 좋겠지만…… 굳이 이쪽으로 온다고 하면 정리할 필요는 있겠지."

여러 정황이 이계의 침략을 간접적으로 말해주고 있었다.

성준은 그런 일이 벌어지기를 원하는 것은 아니었지만, 만약 황제의 군대가 지구에 발을 들인다면 기쁜 마음으로 상대해 줄 생각이었다.

시간은 흘러 저녁이 되었다. 저녁 식사를 끝내고 나오니 브리핑 시간이 다시 잡혔다는 차현의 메시지가 도착해 있었다.

-임차현 팀장입니까?

"1시간 뒤에 아까 거기."

-주군의 걷는 속도를 생각해 볼 때 뛰지 않는다고 가정하면 지금 움직이는 게 좋을 것 같습니다.

"차 보내준대."

숙소에 도착하자 먼저 와서 기다리고 있는 차량을 발견할 수 있었다. 검은 세단 앞에서 차현이 차트를 확인하고 있었고 안에는 운전기사가 타고 있었다.

"오셨군요. 바로 이동해도 괜찮겠습니까?"

차현이 정중하게 물었다.

성준은 대답 대신 차에 탑승했다. 차현도 조수석에 탑승했고 운전기사는 차를 출발시켰다.

차가 멈추자 성준은 가장 먼저 내려서 가건물을 향해 발걸음을 옮겼다.

"이번에는 살살 해주세요!"

성준을 뒤따르며 차현이 외쳤다. 성준은 대답 대신 손을 흔들어 보인 뒤, 안으로 들어갔다. 모두의 시선이 그에게 집중되었다.

성준은 헌터들의 정면에 가서 섰다. 그리고 헌터들을 한 차례 훑었다. 오전에 있었던 일 때문인지는 몰라도 반항적인 시선은 느껴지지 않았다.

장훈과 신철과도 눈이 마주쳤지만, 그들은 의미심장한 미소를 지을 뿐, 그 어떠한 도발도 하지 않았다.

"다시 만나게 되어서 반갑습니다. S급 헌터 강성준입니다."

성준은 부드러운 미소를 머금은 채 말했다. 가벼운 분위기를 연출하려고 했지만, 오전에 있었던 일 때문인지 헌터들은 경직되어 있었다.

모두가 침묵을 지키고 있는 가운데, 누군가 일어나서 박수를 치기 시작했다.

"자아, 처음 만난 건 아니지만, 통성명을 했으니 손뼉을 쳐야 하지 않겠습니까?"

장훈이었다. 이어서 신철도 가볍게 손뼉을 치기 시작하자 다른 헌터들도 동조했다.

그 모습을 본 성준은 미소를 지으며 고개를 저었다.

'이런 거였나······?'

신철이 말했던, 장훈이 더 이상 적대하지 않을 것이라는 말의 의미를 조금은 알 것 같았다.

-알 것 같습니다. 제국에서도 빈민 출신 기사 같은 성향이군요. 그들은 반항적이지만 강자를 철저하게 구분하고 따랐던 걸로 기억합니다.

성준은 대답 대신 고개 끄덕였다.

제국의 치안력이 닿지 않는 빈민가에서는 법보다 주먹으로 모든 게 결정되었다. 그래서 강자를 따르는 게 당연했다.

리슈발트의 말대로 장훈은 현대인보다는 제국 빈민가 출신에 가까운 성격이었다. 그리고 성준은 그런 부류를 싫어하지 않았다. 왜냐하면 그는 언제나 강자의 입장이었으니까.

"다들 통성명은 끝난 건가요?"

분위기를 살피던 차현이 조심스럽게 물었다.

"대충은 끝난 것 같네요."

"그럼 제가 잠시 실례하겠습니다."

차트를 들고 있는 차현이 앞으로 나섰다.

"뒤쪽에 헌터님? 빔프로젝터를 켜주시겠어요?"

빔프로젝터 근처에 앉아 있던 헌터가 전원 버튼을 누르자 차현은 미소를 지으며 입을 열었다.

"감사합니다. 이런, 제가 리모컨을 들고 있었네요."

그는 자신이 들고 있던 리모컨의 존재를 뒤늦게 깨달았다. 리모컨을 조작하자 화면이 넘어갔다.

"여러분의 팀 이름은 알파 2팀입니다. 알파팀이 차원 관문

파괴를 위한 공격을 맡고 베타팀이 격전지 확대를 저지합니다. 혹, 여기까지 이해되지 않는 부분 있으면 말씀해 주십시오. 손을 들어 질문하시면 됩니다."

손을 드는 헌터는 아무도 없었고 차현은 설명을 이어가기 위해 다시 입을 열었다.

"좋습니다. 팀장은 다들 아시다시피 S급 헌터인 강성준 씨가 맡으셨으며, 팀에 소속된 모든 헌터님들에게는 통제에 잘 따라준다는 전제하에 10%의 추가 정산이 지급됩니다."

던전 관리국 레이드 상황실에서는 최소 S급 레이드 상황이 발생할 것이라고 예상했다. 레이드 상황이나 던전과 동급의 헌터가 아니면 정산에 불이익을 받지만 그럼에도 불구하고 S급 레이드 상황이기 때문에 A급이나 B급 헌터들에게 떨어지는 정산금은 막대할 것이었다.

"다시 강조하지만 알파팀의 목적은 차원 관문의 폐쇄 및 파괴입니다. 격전지 확대는 베타팀이 수행할 겁니다."

"위험수당은 없습니까?"

"헌터가 되었을 때 교육받으셨겠지만, 위험수당은 정산금에 포함되어 있습니다."

장난 섞인 물음이었지만 차현은 부드럽게 받아넘겼다.

"레이드 상황실의 보고에 의하면 차원 관문이 열릴 확률이 가장 높은 곳은 표시된 3곳입니다."

화면에 나타난 지도에 붉은 점 3개가 강조되었다.

"나준열 씨의 알파 1팀이 A 지점을. 최은주 씨의 알파 3팀이 C 지점을. 그리고 강성준 씨가 맡은 알파 2팀이 B 지점을 맡습니다."

차현은 지시봉으로 붉은 점을 강조하면서 작전 개요도 함께 설명했다. 쉽게 설명해 준 덕분에 모두의 이해가 빨랐다.

"마지막으로 팀장을 맡게 된 강성준 씨의 각오를 들어보겠습니다."

차현이 물러나고 성준이 앞으로 나섰다.

"길게 말하지 않겠습니다. 제 지시에 따르세요. 그러면 별일 없을 겁니다."

짧지만 의미는 분명하게 전달되었다.

헌터들은 깊은 감명을 받은 눈치는 아니었지만, 일단은 박수를 치는 분위기였다.

"지금 당장은 저를 믿기 힘들 겁니다. 강요하진 않겠지만 현명한 선택을 하길 바라겠습니다."

성준의 강함을 두 눈으로 확인한 뒤였기 때문에 많은 헌터들이 동조하며 박수를 쳤지만 완전한 신뢰를 끌어내기엔 부족했다.

하지만 성준은 크게 상관하지 않았다. 이 정도의 호응을 끌어낸 것만 해도 충분하다고 생각했다. 장훈과의 트러블이 오

히려 도움이 되었다. 나머지는 현장에서 직접 실력을 보여주면
될 일이었다.

"현장에서 증명하겠습니다. 이상입니다."

성준은 말을 끝내며 뒤로 한 걸음 물러났다. 이윽고 차현의
시선이 성준에게 향했다.

"강성준 씨."

차현의 표정이 굳어 있었다. 성준은 그 이유를 어렵지 않게
추측할 수 있었다.

"차원 관문이 열렸습니까?"

"예, 지금 바로 지휘부로 이동하셔야 할 것 같습니다."

"알겠습니다."

성준은 고개를 끄덕이며 먼저 가건물을 빠져나왔고 차현은
다른 헌터들을 보며 입을 열었다.

"일단은 여기서 대기해 주세요. 곧 관련 메시지가 도착할 겁
니다."

성준은 차현과 함께 차를 타고 지휘부로 향했다. 지휘부에
는 이미 팀장급 헌터들이 모여 있었다.

"작전 내용은 간단합니다. 군과 베타팀이 격전지 확산을 막
을 동안에 알파팀이 차원 관문을 닫으면 됩니다."

협조 요청 내용에는 특별한 게 없었기 때문에 쉽게 이해할
수 있었다.

"전달 사항은 끝입니다. 지금부터 작전명 겨울 군주를 발령합니다. 모두 바로 움직여주십시오."

팀장급 헌터들은 각자의 팀으로 이동하기 위해 발걸음을 옮겼다. 성준은 뒤로 나준열의 기척을 느끼고 발걸음을 멈췄다.

"나준열 씨?"

"이번에도 잘 부탁드리겠습니다."

준열은 고개를 살짝 숙인 뒤, 성준에게서 멀어졌다.

"차량으로 이동합니까?"

성준은 어느새 바로 옆까지 다가온 차현을 보며 물었다. 차현은 고개를 저으며 입을 열었다.

"헬기로 이동합니다. 전투기 편대가 호위할 겁니다. 그리고 현장 조사를 위해서 저도 알파 2팀과 동행합니다."

대규모 S급 레이드 상황은 자주 발생하는 게 아니었다. 그래서 관리국에서도 충분한 자료를 수집하기 위해 조사관의 파견을 결정한 것 같았다.

성준은 알파 2팀과 합류하여 비행장으로 향했다. 치누크 헬기가 대기하고 있었다. 알파 2팀 전원이 탑승을 끝내자 치누크가 공격 헬기 편대와 함께 이륙했다.

"강성준 씨."

이륙 직후, 어떤 메시지를 확인한 차현이 성준을 향해 시선을 옮겼다.

"작전이 수정되었습니다. 저희는 B지점으로 이동하지 않습니다."

"무슨 말씀이십니까?"

"목표가, 차원 관문이 이동하고 있습니다."

8장
움직이는 차원 관문

　치누크 헬기가 급히 방향을 틀었다.

　"차원 관문이 움직이고 있다니 무슨 말씀이십니까?"

　성준이 팀원들을 대표해서 물었다. 움직이는 차원 관문에 대해서는 들은 적이 없었다. 그래서 정보가 필요했지만 차현도 당황한 표정이었다.

　"저도 이런 경우는 처음이라서 자세히는 모르지만 확실한 것은 '차원 관문'이 이동 중인 게 분명하다는 겁니다."

　"그게 가능합니까?"

　"지금까지 이런 적은 없었습니다. 하지만 침식 던전이나 침공 던전처럼 충분히 있을 수 있는 일이라고 생각됩니다."

　차현의 대답에 성준은 눈살을 찌푸렸다. 정보가 충분하지 않은 전장에 투입되면 전투원들이 부족한 정보를 대가로 피를 흘린다는 사실을 그는 알고 있었다.

-제국의 마도공학 기술이 사용되었을 수도 있습니다.

상상은 가지 않지만 던전 레이드에 제국과 종족 연합이 관여되어 있는 게 확실해진 지금 움직이는 차원 관문도 그들의 소행도 있었다.

-더 이상 진입하는 것은 무리입니다! 하강하겠습니다!

헬기 조종사의 목소리가 전달되었다. 마물들의 저항이 거센 모양이었다.

치누크 헬기가 고도를 낮추기 시작한 지 얼마 지나지 않아서 폭발음이 들리고 기체가 한 차례 흔들렸다.

호위를 맡은 공격 헬기 1기가 마물의 공격에 당해 폭발한 것이다. 이윽고 미사일과 기관포를 쏟아붓는 소리가 터져 나왔다.

-위치 확보했습니다!

공격 헬기 편대가 반격하는 동안 치누크 헬기의 도어가 열렸다. 헌터들에게는 위험하지 않은 높이었기 때문에 그들은 로프 하강이 아닌, 뛰어내려서 지상에 착지했다.

성준도 마찬가지였다.

오직 일반인인 차현만 특수부대원의 도움을 받아 로프 하강을 실행했다. 모든 인원이 지상에 착지한 것을 확인한 치누크 헬기는 공격 헬기 편대와 함께 신속하게 이탈했다.

"팀장님, A급 마물이 포함된 무리가 빠르게 다가오고 있습니다."

신철이 보고했다.

성준 또한 기척을 느꼈기 때문에 고개를 끄덕이며 입을 열었다.

"A급 마물의 수는?"

"4마리입니다."

신철의 대답에 성준의 눈동자가 반짝였다. 성준도 A급 마물이 몇 마리인지 정확히 파악하기 힘들 정도의 거리였다.

신철의 마법적 재능에 다시 한번 놀라는 그였다.

"다른 마물들의 상태는?"

"무리가 혼재되어 있습니다. 여러 종류의 마물들이 섞여 있는 것 같네요."

성준은 고개를 끄덕인 뒤, 눈동자를 움직여 팀원들을 한 차례 살폈다.

"다들 기본 대형은 알고 계시죠? 그걸로 갑니다!"

정규 공략팀 소속이 아니더라도 매칭을 통해 무난하게 던전을 공략하기 위해서는 가장 기본이 되는 대형 정도는 익혀두는 게 필수였다.

전투계 헌터들이 앞으로 이동하고 마법계가 2열로 보조계와 회복계가 3열에 배치되는 게 기본 대형이었다.

"기본 대형은 효율이 떨어질 텐데⋯⋯. 괜찮겠습니까?"

장훈이 물었다. 처음 만났을 때와 달리 도발하는 기색은 없었다. 목소리에서 느껴지는 감정은 순수한 걱정이었다.

"훈련받은 게 없습니다. 기본 대형 말고는 선택지가 없네요."

성준이 대답했다. 차원 관문이 갑작스럽게 열리는 바람에 다른 대형으로 호흡을 맞춰 볼 여유가 없었다. 이런 경우는 오히려 모두에게 익숙한 기본 대형이 최대 효율을 낸다.

"알겠습니다. 저는 전위로 이동하겠습니다."

"저도 함께 가겠습니다."

"하지만 팀장님은⋯⋯"

장훈의 물음에 성준은 미소를 지어 보였다.

"회복계라고 말씀하고 싶으신 겁니까?"

"하하하. 아닙니다. 제가 잠깐 착각을 했습니다."

"제가 전위에 있는 편이 '힐'이 더 빨리 들어갈 겁니다."

회복계 헌터들이 후위에 서는 이유는 전투 능력이 전투계 헌터들에 비해 많이 부족하기 때문이었다.

그들의 전투 능력이 조금만 더 뛰어났다면 전위에 있는 게 더 효율적이었다. 하지만 지금 이곳에서 그게 가능한 회복계 헌터는 성준이 유일했다.

"가까이 왔습니다!"

신철이 보고했다. 헌터들이 일제히 무기를 들어 올렸고 신철을 포함한 마법계 헌터들은 공격 마법을 캐스팅했다.

"블레스."

보조계 헌터가 가장 보편적인 버프인 '블레스'를 시전 했지만 B급이라서 그런지 신체 능력이 크게 상향된 느낌은 없었다.

"A급 마물은 오크 전쟁군주가 4마리입니다!"

신철은 가장 중요한 A급 마물들의 존재를 알리며 선제공격을 가했다.

마력으로 다듬어진 바람의 칼날이 마물 무리를 덮쳤다. 뒤이어 다른 마법계 헌터 2명이 시전한 화염의 창이 바람을 가르며 날아갔다.

"크워어어어!"

오크 여럿이 공격 마법에 당해 쓰러졌지만 전쟁군주들은 피해를 전혀 입지 않았다. 윈드 커터가 그들에게 다가온 순간에 오러가 깃든 검을 휘둘러 베어냈기 때문이었다.

"A급 마물이라서 그런지 까다롭네요. 상위 마법으로는 어림도 없네요. 제가 바로 고위 마법을 준비하겠습니다."

"그럴 필요 없습니다. 3마리 정도는 제가 처리하겠습니다. 나머지를 맡아주세요."

성준은 마력을 끌어 올리는 신철을 말렸다. 차원 관문이 이동하고 있기 때문에 장기전이 될 가능성도 있었다.

'흡수'를 사용하지 못하는 다른 이들은 마력을 아끼는 게 좋았다.

"변형."

반지 형태였던 로엘이 검으로 변했다. 그 모습을 본 다른 헌터들이 환호했다.

"S급 헌터가 칼을 뽑았다!"

"나 S급 헌터가 싸우는 건 처음 봐요!"

"그건 나도 마찬가지야!"

성준은 모두의 기대를 한 몸에 받으며 고속 이동술을 펼쳤다.

"고, 고속 이동술!"

"빨라!"

성준의 고속 이동술은 너무나 빨라서 B급 헌터들은 눈으로 쫓을 엄두조차 내지 못했다. A급 헌터들조차 희미한 잔상을 쫓을 수 있었을 뿐이었다.

오크 전쟁군주들은 오러로 빛나는 검을 들어 올렸다.

성준은 그들 중에서도 리더로 보이는 자를 노렸다.

두 개의 검을 들고 있는 오크 전쟁군주였다.

그는 성준의 접근을 알아채기 무섭게 검을 교차했다. 양쪽의 검이 충돌하면서 마력 파편이 사방에 튀었다.

하지만 그뿐이었다. 성준은 허리에 걸려 있는 단검을 뽑아 오러를 부여한 뒤, 오크 전쟁군주의 오른팔을 그었다.

"큭!"

오러에 닿은 오른팔은 너무나 허무하게 잘렸다. 오크 전쟁군주는 고통에 찬 신음을 삼키며 황급하게 뒤로 물러났다.

성준이 그를 쫓으려 하자 다른 오크 전쟁군주가 마력을 끌어 올렸다.

"쿠워어어어어!"

워크라이.

마력이 섞인 외침으로 상대방을 경직시키는 기술이었지만 S급 헌터인 성준에게는 통하지 않았다.

그는 워크라이를 무시하고 오른팔이 잘린 오크 전쟁군주와 거리를 좁히며 단검을 투척했다. 속임수를 섞어서 정확하게 급소를 노리는 신묘한 단검 투척술을 회피하는 건 불가능했다.

어느새 오크 전쟁군주의 미간에는 단검이 꽂혀 있었다.

"이, 인간!"

"죽어라!"

전쟁군주 정도 되는 오크는 이계어를 구사할 수 있었고 성준은 이계어를 이해할 수 있었다. 오크 전쟁군주 둘이 분노하여 빠르게 거리를 좁혀 왔다.

'환영검을 사용할 필요도 없다.'

성준은 살기를 개방했다. 일순간이지만 그들의 몸이 경직되었다.

성준은 번개같이 검을 휘둘러 그들의 목을 깊이 베었다.

'다른 하나는?'

오크 전쟁군주 하나가 남았다. 그는 성준을 상대하는 것을 포기하고 일부 무리와 함께 공략팀을 향해 돌진하고 있었다.

장훈이 A급 헌터 둘과 함께 오크 전쟁군주의 앞을 막아섰다.

"좋아! 해봅시다!"

일순간 그들과 오크 전쟁군주는 고속 이동술을 펼쳐서 서로를 스쳐 지나갔다.

"큭!"

"크윽!"

실력 있는 자들의 싸움은 일격에 결판이 나는 경우가 많았다.

붉은 피가 솟구쳤다. 오크 전쟁군주는 오른팔과 왼쪽 다리가 잘리고 옆구리에 치명상을 입은 채 쓰러졌고 그와 맞섰던 A급 헌터 2명도 피를 쏟아냈다.

장훈은 멀쩡했다.

"힐!"

B급 회복계 헌터 2명은 본격적인 전투가 벌어진 곳을 살피느라 정신이 없었기 때문에 성준이 힐을 시전했다.

연이어 2회의 힐이 시전 되자 부상을 입었던 A급 헌터 2명의 상처가 빠른 속도로 치유되었다.

"역시 S급 헌터님이야!"

"회복 속도가 굉장히 빠릅니다."

A급 헌터 2명은 상처가 치유되는 속도에 감탄했다. 성준의 '힐'은 마력 소모가 많은 편이었지만 그만큼 회복량과 속도에 있어서 압도적이었다.

"바로 전투에 합류하겠습니다."

생각보다 무리를 이루고 있는 마물의 수가 많아서 공략팀이 고전하고 있었다. 부상자도 많이 발생한 것 같았다.

성준이 한눈에 보기에도 B급 회복계 2명이 감당할 수 있는 수준이 아니었다. 그는 부상자들이 밀집한 곳을 향해 왼손을 뻗으며 입을 열었다.

"힐링 스프레이."

왼손에서 뻗어 나간 빛무리가 부상 입은 헌터들을 감쌌다. '힐링 스프레이'는 단일 치유만큼 회복 속도가 빠르지는 않았지만, 다수를 한 번에 치유할 수 있다는 장점이 있었다.

부상으로 인해 저하되었던 공략팀의 전투력이 성준의 힐링 스프레이 한 번에 많이 회복되었다.

"질풍검."

성준은 질풍검을 사용해서 마물 무리의 중심으로 파고들었다.

"크어어어어!"

마물들이 검풍에 휩쓸렸다. 그들은 허공에 뜨거운 피를 흩뿌리며 쓰러졌다. 질풍검에 동반되는 검풍은 오러만큼은 아니지만, 매우 날카로웠다.

B급 이하 마물들을 쓸어버리기엔 충분했다.

"오오오오!"

성준의 질풍검 한 방으로 공략팀이 전장을 압도하기 시작했다. 오크와 오우거로 구성된 마물 무리는 처음에 압도적인 숫자로 밀어붙였지만, 그마저도 시간이 지나면서 수가 줄어들게 되자 크게 밀리더니 결국 패주했다.

"추격합니까?"

누군가 물었다. 이름은 기억나지 않지만 차현이 준 명단에 B급 헌터로 기록되어 있었던 것 같았다.

"최우선 목표는 차원 관문의 파괴입니다."

길게 설명하지는 않았지만 모두 납득했다.

차원 관문을 파괴하지 않는다면 마물들을 끝없이 쏟아져 나올 것이다. 그렇게 되면 격전지 확산을 저지하는 임무를 맡은 베타팀과 군의 피해가 심해진다.

알파팀은 본래 목적에 집중할 필요가 있다.

"임 팀장님. 목표는 얼마나 떨어져 있습니까?"

성준이 차현을 보며 물었다. 알파 2팀에서 레이더를 가지고 있는 사람은 차현이 유일했다.

"북쪽으로 10㎞ 정도입니다."

"여기 있는 헌터님들은 다 B급 이상이니까 전속력으로 가면 금방 도착하지 않겠습니까?"

차현의 말을 듣고 어떤 헌터가 말했다.

하지만 신철이 고개를 저으며 입을 열었다.

"어려울 겁니다. 벌써 마물들이 방어선을 구축하고 있습니다. 헌터님, 여기는 던전이 아닙니다."

레이드 상황에서 발생하는 마물들은 능동적이었다.

"조명 드론 띄우고 최대한 빨리 이동하겠습니다."

성준이 말했다. 헌터들은 시야를 확보하기 위한 조명 드론을 띄우고 최대한 빨리 이동했다. 얼마 지나지 않아서 마물 무리와 조우했지만, 성준의 활약으로 어렵지 않게 격파할 수 있었다.

"차원 관문이 근처에 있습니다!"

차현의 목소리에서 반가움이 묻어 나왔지만, 주변에 나무가 많아서 시야 확보가 힘들었다.

"전방에 마력 반응!"

땅이 요동치더니 멀지 않은 곳에서 5m 정도의 키를 가진 대형 마물이 모습을 드러냈다. 백색의 털로 뒤덮힌 그것의 모습은 설인 같았다.

"저, 저겁니다……."

차현은 덜덜 떨리는 손으로 설인을 가리켰다.

"뭐가 말입니까?"

성준이 물었다.

"저 마물에게서 차원 관문 특유의 마력이 새어 나오고 있습니다. 믿기 힘들지만, 차원 관문이 저 마물의 안에 있는 것 같습니다!"

"그게 가능합니까?"

차현의 대답에 성준은 자신의 귀를 의심했다.

"확실합니다! 기계는 거짓말 안 해요!"

"보스면서 동시에 차원 관문이라⋯⋯"

성준은 혼잣말을 내뱉으며 검을 고쳐 쥐었다.

"귀찮은 일은 덜었네."

"S급 대형 마물로 추정됩니다. 임시로 '겨울 군주'라고 칭하겠습니다."

차현의 말에 성준은 인상을 찌푸렸다. S급 대형 마물인 혜슬링을 상대했던 게 떠올랐다.

'저게 보스라면 하수인들도 많을 텐데⋯⋯'

레이드 보스는 언제나 하수인 역할의 마물들을 데리고 다녔다. 성준이 겨울 군주를 상대할 동안 팀원들은 하수인들을 처리해야 하기 때문에 지원을 기대하기 힘들었다.

겨울 군주는 처음 보는 마물이었다. 그래서 티어를 정확하게 구분할 수 없었다. S급 대형 마물 중에서도 상위로 분류되는 혜슬링을 상대해 본 경험이 있었지만, 만약 겨울 군주가 최상위 티어라면 곤란했다.

"지금 저희가 가장 가깝습니까?"

"예, 알파 1팀이 이쪽으로 오고 있지만, 속도가 느립니다. 당장 지원을 기대하긴 힘들 것 같습니다."

성준의 물음에 차현이 레이더를 확인하더니 대답했다.

"가죠."

알파 2팀 만으로 보스 역할을 맡은 대형 S급 마물과 하수인들을 처리하기엔 불안한 부분도 있었지만, 성준은 공략을 지시할 수밖에 없었다.

지금으로써는 그게 최선이었고 다른 선택지는 없었다. 지금 이 순간에도 겨울 군주는 남하하고 있었다.

"마물 무리가 옵니다. 수는 100 정도."

조금 전에 싸웠던 마물 무리와 비슷한 규모였지만 신철의 목소리가 다소 굳어 있었다. 성준은 그것을 놓치지 않았다.

"문제라도 있습니까?"

"S급 마물이 2마리 섞여 있는 것 같습니다. 그 외에 A급 둘, 나머지는 수준 낮은 오크들입니다."

오크 검성은 S급 중에서도 하위 티어에 속하는 마물이었지만 무시할 수 없는 적이었다. 하나라면 여유롭게 상대할 수 있을 텐데 문제는 둘이라는 것이었다.

'환영검으로 하나를 빨리 처리하고 다른 하나를 친다.'

성준은 계획을 세웠다. 환영검은 마력 소모가 많지만 그만큼 효과적인 일격 필살의 기술이었다.

"주변을 경계하면서 계속 갑니다."

성준이 지시를 내리자 공략팀이 다시 움직였다. 그들이 겨울 군주와의 거리를 좁히기 시작하자 노골적인 살기와 함께 오크 무리가 모습을 드러냈다.

"더 이상은 접근할 수 없다."

오크 검성은 유창한 이계어로 말했다. 성준은 입꼬리를 끌어 올렸다.

"너희를 다 죽이면 되겠네. 그렇지?"

성준도 유창한 이계어로 답했다.

이계어를 구사하는 그의 모습에 팀원들은 놀란 얼굴이었다. 이계어를 익히려면 많은 공부가 필요했다.

"이계어가 유창하군, 인간. 그래도 변하는 건 없다."

"하나만 묻겠다. 종족 연합이냐?"

"이계의 인간이 어떻게 연합을……"

성준은 입꼬리를 끌어 올렸다. 오크 검성은 확답하지 않았지만, 그의 반응은 긍정한 것이나 마찬가지였다.

'아직 정보가 부족하지만, 이걸로 제국뿐만 아니라 종족 연합도 던전 레이드에 관여했다는 게 확실해졌다.'

추측하고 있던 사실이 확정된 순간이었다.

-더 이상 대화는 필요하지 않을 것 같습니다.

리슈발트가 말했다. 성준도 동의했기에 자신의 검, 로엘을 들어 올리며 입을 열었다.

"공격합니다. 제가 오크 검성 하나를 맡을게요."

"그렇다면 제가 남은 하나를 맡죠."

장훈이 대검을 들어 올리며 말했다.

"혼자서는 안 됩니다."

A급 헌터가 S급 마물을 단신으로 상대할 경우 이길 가능성은 크지 않았다.

"걱정 마세요. 혼자는 안 갑니다!"

장훈의 곁으로 A급 헌터 3명이 붙었다. 그 모습을 본 성준은 미소를 지었다. 장훈을 포함해 A급 헌터 4명이면 S급 마물을 상대로 승기를 잡을 수 있다.

"먼저 간다."

오크 검성이 먼저 움직였다. 장검을 휘두르며 일순간 거리를 좁혀 왔다. 다른 오크 검성도 마찬가지였다.

먼저 전투가 벌어진 곳은 A급 헌터들 쪽이었다.

"크아아악!"

누군가 피를 쏟으며 쓰러졌지만, 성준은 그들에게 신경 쓸 여유가 없었다. 오크 검성이 코앞까지 접근했기 때문이었다.

"하앗!"

오크 검성이 기합과 함께 검을 휘둘렀다. 오러가 깃든 검은 빠르고 정확하게 성준의 급소를 노렸다.

검의 속도는 매우 빨랐지만, 동조율이 높아지면서 풍부한 실전 경험이 끌어낼 수 있었던 성준은 오크 검성의 사전 동작만으로 검의 흐름을 예측하고 대응할 수 있었다.

"이, 이걸 막다니!"

두 개의 오러가 충돌하면서 마력 파편이 튀었다. 오크 검성은 회심의 일격이 막혔다는 사실이 믿기지 않는 것 같았다.

"환영검."

성준은 오크 검성에게 시간을 주지 않았다. 그는 곧장 환영검을 사용했다.

"이, 이건……!"

오크 검성은 '환영검'을 알아보는 듯했으나 말을 끝까지 잇지 못했다. 환영의 칼날 31개가 그를 노렸기 때문이었다.

'이건 피할 수 없다!'

오크 검성은 직감했다. 그는 방어를 포기하고 공세를 취했다. 날카롭게 내찌른 칼날이 성준의 목을 노렸다.

'동귀어진인가?'

하지만 유감스럽게도 성준은 환영검의 사용과 동시에 방어 자세를 취하고 있었다. 오크 검성은 전신이 난자당하면서 찌르기를 감행했지만, 성준이 들어 올린 검에 막히고 말았다.

"쿨럭!"

최후의 공격마저 막히자 오크 검성은 전신에서 피를 흘리며 쓰러졌다. 31개의 환영검에 찢긴 그 모습은 두 눈 뜨고 보기 힘들 정도로 끔찍했다.

성준은 곧바로 다른 오크 검성이 있는 쪽으로 몸을 돌렸다. 그가 오크 검성을 상대하는 동안 A급 헌터 2명이 쓰러져 있었다.

장훈과 다른 A급 헌터 1명도 부상을 입은 상태였다.

"여긴 괜찮습니다! 장훈이를 부탁합니다!"

신철의 외침이 들려왔다. 팀원들도 오크 무리와 전투를 벌이고 있었지만 주려은 오크 검성들이었기 때문에 무리의 다른 오크들의 전력은 크지 않았다.

"금방 제압할 수 있습니다!"

성준은 장훈을 지원하기 위해 움직였다.

"힐!"

동시에 힐을 사용하여 부상 입은 A급 헌터들을 치유했다. 다행히 죽은 이들은 없었다.

"물러나세요!"

"큭! 죄송합니다!"

성준의 개입과 동시에 장훈과 A급 헌터 1명이 급히 물러났다. 성준은 중갑을 입은 오크 검성과 대치하게 되었다.

그는 동료 오크 검성이 당했다는 사실을 인지하고 다소 굳은 얼굴로 입을 열었다.

"제법이군."

"팀장님! 저 새끼 쾌검을 씁니다! 엄청 빨라요!"

뒤에서 장훈이 외쳤다. 적의 특징을 하나라도 더 안다는 것은 큰 도움이 된다.

성준은 대답 대신 오크 검성을 향해 달려들었다.

시간이 많지 않았다. 예상컨대 오크 검성 둘이 이끄는 마물 무리는 겨울 군주가 남하할 시간을 벌기 위한 병력일 것이다. 그들을 사냥하고 겨울 군주의 남하를 막아야만 했다.

"질풍검!"

일순간 거리를 좁히는 것과 동시에 검풍을 일으켜 오크 검성을 공격했다. 검풍이 덮쳐왔지만, 오크 검성은 당황하지 않았다.

"검풍!"

그는 짧은 외침과 함께 허공에 대고 여러 번 검을 휘둘렀다. 오러 참격은 아니었지만 빠르게 휘둘러진 검은 10여 개의 날카로운 검풍을 일으켰다.

성준의 질풍검으로 인해 일어난 검풍과 오크 검성이 일으킨 검풍이 충돌했다. 그러나 아직 성준의 공격은 끝나지 않았다.

질풍검의 메인은 고속 이동술과 함께 펼치는 찌르기였다.

"헉!"

찌르기가 들어갔다고 생각한 순간이었다. 성준은 싸늘한 살기를 느끼고 급히 공격을 중단하고 뒤로 물러났다.

날카로운 무언가가 조금 전까지 성준이 있던 곳을 스치고 지나갔고 목에 가늘고 붉은 선이 생겨나면서 핏물이 맺혔다.

'기습?'

수상한 기척을 감지하지 못하고 조금만 더 파고들었다면 목에 깊은 상처를 입었을 것이다.

"내 기척을 알아차리다니……. 제법이로군."

유창한 이계어와 함께 검은 옷을 입고 복면으로 얼굴을 가린 남자가 모습을 드러냈다.

"사람?"

"아니, 인간형 마물일 겁니다."

A급 헌터들은 갑작스럽게 등장한 복면인의 모습에 당황한 눈치였지만 성준은 달랐다.

'제국, 그것도 내가 쉽게 눈치채지 못할 정도로 뛰어난 은신술이라면…….'

성준의 눈동자가 반짝였다. 그는 복면인을 똑바로 쳐다보며 입을 열었다.

"제국 특무군. 그것도 유령 부대 쪽이지?"

"그걸 어떻게……."

정체가 간파당하자 복면인의 눈동자가 심하게 흔들렸다. 그것만 봐도 그가 심하게 당황했다는 사실을 알 수 있었다.

그럴 수밖에 없을 것이다. 제국과 종족 연합은 지구에서 자신들의 존재를 인식하지 못했을 것이라 생각하고 있었을 테니까.

"일등 살수냐?"

"네놈! 그걸 어떻게 알았느냐!"

'일등 살수'라는 단어가 나오자 복면인은 흥분해서 외쳤다. 제국 내에서도 유령 부대의 존재를 아는 이들은 제법 많았지만 살수 체계는 극비에 가깝기 때문에 알려져 있지 않았다.

"내부인이냐! 그렇다면 생포해서 집행 부대에 넘겨 주마!"

"그럴 일은 없을 거야."

성준은 대답과 함께 동조율을 끌어 올렸다.

-동조율 41%!

많이 올릴 필요는 없었다. 고작 1% 올렸을 뿐이었지만 많은 게 달라졌다. 성준은 복면인과 오크 검성이 쫓을 수 없을 정도로 빠르게 이동했다.

"너희는 다 나한테 죽을 거니까."

성준은 검을 휘둘렀다. 반응하지 못할 거라고 생각했지만, 오크 검성을 복면인의 앞을 막아서며 성준의 검을 막아냈다.

그러는 사이 복면인은 은신을 펼쳤다. 하지만 그것은 실수였다.

"거기냐!"

성준이 내던진 단검이 허공에 꽂혔다.

"크흑!"

은신의 장막이 사라지면서 복면인의 모습이 드러났다.

"어, 어떻게⋯⋯."

"암살자는 무조건 일격에 대상을 죽여야 해. 아니면 끝이야."

성준은 기사였지만 여단의 특성상 암살 교육도 받았었고 거기서도 수준급의 실력을 보였었다. 일등 살수를 일격에 해치운 그는 '전력'으로 오크 검성을 상대했다.

"크아아아!"

오크 검성이 섬광 같이 휘두른 검이 성준을 향해 폭풍처럼 쏟아졌지만, 그는 침착하게 다 받아낸 뒤, 오크 검성의 뒤를 잡았다.

"어, 어느새⋯⋯."

성준이 대답 대신 휘두른 검이 오크 검성의 목을 쳤다. 순식간에 벌어진 일이었다. 잘린 머리가 바닥에 나뒹굴었고 성준은 차가운 시선을 흩뿌렸다.

팀원들은 어느새 전투를 끝내고 성준의 싸움을 지켜보고 있었다. 하지만 그들이 볼 수 있었던 것은 섬광과도 같은 무언가가 빛나는 것과 동시에 오크 검성의 머리가 떨어진 것뿐이었다.

"오오오!"

"역시 S급 헌터님이야!"

모두가 환호했다. A급 헌터들을 제외하면 무슨 일이 벌어졌는지 볼 수 없었지만 중요한 건 성준이 이겼다는 것이었다.

성준은 '흡수'를 끝낸 후, 강한 마력이 느껴지는 방향, 겨울 군주가 있는 곳으로 시선을 옮겼다. '그것'은 계속해서 남하하고 있었다.

그리고 동시에 마물들의 기척이 감지되었다. 신철도 마찬가지로 마물 무리의 움직임을 느낀 것인지 성준에게 다가가 심각한 표정으로 입을 열었다.

"마물 무리가 접근 중입니다."

"최소 300마리는 넘는 것 같은데, 제가 틀렸다고 말해주시겠습니까?"

"뭐…… 틀렸다고 볼 수도 있을 것 같습니다. 이쪽으로 오고 있는 마물들의 수는 아무리 적게 잡아도 500마리 이상이니까요."

신철의 대답에 성준은 한숨을 내쉬었다. 아직 전투는 끝나지 않았다.

"힐링 스프레이!"

성준이 왼손을 뻗으며 외치자 백색의 빛무리가 뿜어져 나왔다. 허공에서 흩어져 쏟아지는 빛무리에 닿은 헌터들의 부상이 회복되었다.

"보조계 헌터님은 마력 회복 버프를 부탁합니다."

"예, 알겠습니다."

성준은 보조계 헌터에게 요청했다. 전투가 시작되고 10분이 흘렀다. 적들의 수는 빠른 속도로 줄어들고 있었지만 충원

되는 마물들의 수도 무시할 수 없을 정도였다.

그래서 장기전이 될 것을 우려해 마력 회복 버프를 부탁한 것이었다.

"마나 리젠!"

마력 회복량을 올리는 버프가 시전 되었다. 이것으로 알파 2팀의 헌터들은 전투를 조금이라도 더 지속할 수 있을 것이다.

"크윽."

1%지만 동조율을 올린 것에 대한 부작용이 나타났다. 더 이상 동조율을 올릴 경우 부작용으로 인한 고통 때문에 전투를 이어가기 힘들 것이다.

"블레스."

성준은 동조율을 올리는 것을 최후의 수단으로 남겨두고 '제국군 전투 사제복'의 옵션 스킬을 사용했다.

블레스 버프가 사용되면서 동조율을 끌어 올린 것과 같은 효과가 나타났다. 부작용이 없는 대신에 옵션 스킬인 블레스를 유지하려면 마력의 소모가 있었다.

"흡수."

하지만 체력과 마력을 흡수할 수 있는 성준에게 마력의 소모는 큰 부담이 되지 않았다.

"팀장님! 좌익이 무너졌습니다!"

팀원 중 한 명이 달려와 다급한 목소리로 보고했다. 성준의 시선이 좌익으로 향했다. 그들은 기본 대형을 갖추고 있었는데 마물들의 맹렬한 공격에 그만 좌측을 이루고 있는 팀원들이 무너진 것 같았다.

"사상자는 몇 명입니까?"

"중상이 3명이지만 죽은 사람은 없습니다."

성준은 진형의 좌측을 향해 손을 뻗었다.

"힐링 스프레이."

마력이 빠져나가면서 백색의 빛무리가 흩뿌려졌다.

"박장훈 씨."

성준은 장훈을 불렀다. 치열하게 전투를 벌이고 있던 장훈이 기회를 엿보더니 성준에게 다가왔다.

중상은 아니었지만, 전신에 가벼운 상처가 가득했다.

"힐."

성준은 힐을 사용해 그의 부상을 회복시켰다.

"무슨 일이십니까?"

"중상자가 셋입니다. 힐링 스프레이를 뿌렸지만 당장 움직이기 힘들 겁니다. 중상자들을 확보하고 뒤로 물러나서 최종 방어선을 만들어주세요."

"맡겨만 주십시오. 최선을 다하겠습니다."

처음 만남은 유쾌하지 않았지만 지금 그는 누구보다 믿음직했다.

장훈은 대검을 휘두르며 뛰어나가 마물들을 제압했다. 오러가 깃든 대검이 허공을 가를 때마다 마물이 붉은 피를 뿌리며 쓰러졌다.

"신철아!"

장훈이 외치자 신철이 완성한 상위 마법을 좌측에 퍼부었다. 화염의 창이 연이어 마물 무리를 강타했다.

불꽃이 튀면서 거대한 화마가 되었다.

"파이어월!"

신철이 상위 마법을 완성하자 붉은 화염이 솟구쳤다. 옮겨붙은 불을 이용했기 때문에 캐스팅 시간이 짧았고 그 틈에 장훈은 다른 팀원 한 명과 함께 중상자 3명을 안전한 곳으로 옮겼다.

"강성준 씨!"

마물들을 바쁘게 처리하고 있을 때였다. 뒤에서 차현의 목소리가 들여왔다.

성준은 자신에게 달려드는 오크 광전사의 목을 날리며 입을 열었다.

"듣고 있습니다."

긴박한 상황이었지만 전생에 많은 전장을 겪은 덕분에 그의 목소리는 비교적 평온했다.

"공습이 있을 겁니다! 공격 헬기 편대가 이곳으로 오고 있습니다!"

"우리까지 휘말릴 겁니다."

"저희 쪽을 직격 하는 게 아니고 근처에서 몰려드는 마물 무리를 지연시킬 목적입니다! 저희는 공격 헬기 편대가 시간을 끌어주는 동안 여기를 정리하고 물러나면 됩니다!"

급박하게 흘러가는 중에도 차현은 상황을 또박또박 설명했다.

"알겠습니다."

성준은 고개를 끄덕였다. 얼마 지나지 않아서 헬기 소리가 들려오기 시작했다. 그것은 점점 가까워졌고 어느 순간 미사일 날아가는 소리와 함께 폭발음이 터져 나왔다.

미사일 소리와 함께 폭발음이 끝났을 땐 묵직한 기관포 소리가 천지를 뒤흔들었다.

"공습이 마물들의 수를 줄이진 못하겠지만, 합류를 지연시키고 있습니다! 강성준 씨, 지금입니다!"

"일단 물러나겠습니다!"

성준은 알파 2팀에 물러날 것을 지시했다.

"퇴로가 확보되지 않았습니다!"

누군가 외쳤다.

"제가 퇴로를 열겠습니다."

성준은 짧은 대답과 함께 마력을 끌어 올렸다.

"질풍검."

그의 몸이 정면으로 총알처럼 튀어 나갔다. 그와 함께 검풍이 불어 닥쳤다. 마물들이 낙엽처럼 쓸려 나갔다.

"이쪽으로!"

성준의 외침에 팀원들은 마법계와 보조계, 회복계 헌터들을 호위하며 퇴로를 통해 물러났다. 공격 헬기 편대는 미사일을 모두 소진했음에도 불구하고 기관포 사격으로 알파 2팀의 후퇴를 지원했다.

그 과정에서 공격 헬기 2대가 추락했다.

"근처에 마물은 없습니다."

신철이 보고했다. 마물 무리는 겨울 군주를 중심으로 군대처럼 움직이고 있었다. 격전지 곳곳에 흩어져 있는 무리도 있었지만, 대부분이 군대처럼 조직적으로 움직였다.

"일단 주변을 경계하면서 10분만 쉬겠습니다."

성준은 체력과 마력을 흡수한 덕분에 거의 지치지 않았지만 다른 팀원들은 계속되는 전투로 많이 지쳐 있었다.

짧은 휴식이라도 필요하다는 것을 성준은 잘 알고 있었다.

"후우!"

성준은 가슴 깊은 곳에서 올라오는 한숨을 내뱉으며 배낭에서 생수병을 꺼내 단숨에 비워냈다. 그의 곁으로 리슈발트가 다가와 입을 열었다.

-동조율은 41%입니다.

오크 검성 둘을 처단하고 수많은 마물들을 처리했음에도

불구하고 동조율은 1%밖에 오르지 않았다.

동조율이 올라갈수록 상승할 때 필요한 마력량이 많아지고 있었다.

"고마워."

성준은 작은 목소리로 말했다.

그는 리슈발트에게 동조율 보고를 게을리하지 말라고 지시했었다. 리슈발트는 그 지시를 충실하게 이행하고 있었다.

긴장 속에서 5분이라는 시간은 너무나 짧았다. 휴식 시간이 끝나고 성준은 팀원들에게 돌아왔다.

"아무래도 단일팀으로는 겨울 군주의 공략이 힘들 것 같습니다."

고민 끝에 내린 결론이었다. 바위에 걸터앉아 육포를 씹고 있던 신철이 몸을 일으켰다. 그의 시선이 성준에게 향했다.

"다른 팀과 연합한다는 말씀이십니까?"

"바로 맞췄습니다. 어차피 저희는 경쟁하는 관계도 아니니까 협력하는 것도 나쁘지 않을 거라고 생각합니다."

성준이 대답했다.

"나쁜 생각은 아닌 것 같습니다."

"협력하는 것도 괜찮지요."

팀원들은 고개를 끄덕였다. 이윽고 성준의 시선이 차현에게 향했다.

"임 팀장님. 가장 가까운 팀은요?"

"지금은 최은주 씨의 알파 3팀이 그나마 가깝습니다."

차현은 잠시 말을 멈추고 레이더에 집중했다. 알파 3팀의 정확한 위치를 파악하기 위해서였다.

"북쪽으로 3㎞ 정도 떨어져 있습니다."

차현의 말에 성준은 두 눈을 가늘게 뜨고 생각을 정리했다. 3㎞ 정도는 헌터들에게 있어서 멀지 않은 거리였지만 중간에 마물들과 마주칠 것을 생각하면 접촉하기 위해서는 시간이 조금 필요할 것 같았다.

"임 팀장님. 최은주 씨의 팀과 연락할 수단이 있습니까?"

"제가 통신 장비를 들고 있습니다."

레이드는 야외에서 벌어지는 일이기 때문에 던전보다 마력의 간섭이 심하지 않았다. 그럼에도 불구하고 스마트폰을 사용하는 것엔 무리가 있지만 제대로 된 통신 장비가 있다면 거리가 떨어져 있는 상대방과 연락할 수 있었다.

"최은주 씨에게 제 뜻을 전해주세요."

성준이 말했다. 그는 은주가 자신의 뜻에 동조할 것이라는 확신을 가지고 있었다. 그럴 일은 없겠지만, 그녀가 거부한다면 랭킹 6위의 S급 헌터인 준열과 합류하면 될 문제다.

준열은 애국심이 강하기 때문에 거부하지 않을 것이다. 다만 그와 합류할 경우 시간이 오래 걸리기 때문에 그사이 겨울 군주로 인한 피해가 늘어날 것이다.

"최은주 씨가 응답했습니다. 저희가 있는 곳으로 오기로 했습니다!"

차현이 반가운 소식을 전했다.

성준은 고개를 끄덕이며 입을 열었다.

"우리도 기다리기만 할 게 아니고 올라갑시다."

성준의 말에 모두가 고개를 끄덕였다. 합류가 빨라질수록 좋았다. 성준의 알파 2팀과 은주의 알파 3팀은 최선을 다해 서로가 있는 방향으로 이동했고 마물 무리와 두어 번의 전투를 치른 끝에 합류할 수 있었다.

"성준 씨!"

은주가 성준의 이름을 부르며 달려왔다. 그녀의 목소리에서 반가움이 묻어 나왔다.

"피해 인원은 어떻게 됩니까?"

성준은 반가움을 뒤로 하고 상황을 파악하기 위해 노력했다.

"저 포함해서 30명이었는데 9명이 죽었어요. 남은 헌터들 중에서 보조계가 1명, 회복계가 3명, 그리고 마법계가 1명이에요."

"보조계와 회복계가 합류해서 다행입니다."

알파 3팀의 보조계와 회복계의 피해가 컸다면 알파 2팀의 보조계와 회복계의 부담이 컸을 것이다.

"지휘는 제가 맡겠습니다. 괜찮죠?"

성준의 말에 은주는 당연하다는 듯 고개를 끄덕였다.

"예, 알파 2팀의 피해가 전혀 없으니까 성준 씨가 맞는 게 맞다고 생각해요."

알파 3팀의 팀장인 은주가 찬성하자 다른 이들은 반대 의견을 내놓지 않았다.

"계획을 물어봐도 될까요?"

"제가 겨울 군주를 일격에 죽일 기술을 하나 가지고 있습니다. 단일 대상을 상대로 하는 기술로 살상력이 매우 높습니다."

'환영검'을 말하는 것이었다.

"저 덩치를 한 방에요?"

"그렇습니다. 하지만 마력 소모가 커서 연속해서 사용하기엔 무리가 있습니다. 그래서 반드시 겨울 군주에게 사용해야 합니다."

"그렇다면 저랑 다른 팀원들이 해야 할 일은 성준 씨를 엄호하는 거네요?"

은주가 말했다. 성준은 입가에 미소를 그린 채 고개를 끄덕였다. 길게 설명할 필요가 없어서 좋았다.

"잘 부탁합니다."

그들은 본격적인 겨울 군주 사냥에 돌입했다. 겨울 군주의 남하 속도는 매우 느렸다. 차현은 지휘 본부와 통신을 연결하여 군의 병력으로 겨울 군주의 남하를 최대한 저지해 줄 것을 요청했다.

자주포가 연신 불을 뿜고 지대지 미사일이 날아오르는 소리가 하늘을 찢었다. 군의 적극적인 화력 지원에 겨울 군주가 남하하는 속도가 조금이나마 느려졌다.

"겨울 군주가 보입니다!"

어느새 겨울 군주를 두 눈으로 볼 수 있을 정도로 거리가 가까워졌다.

"팀장님! 마물들이 움직입니다!"

신철이 보고했다. 헌터들의 접근을 눈치챈 마물 무리가 겨울 군주를 지키기 위해서 움직였다.

"확인했습니다. 100마리 정도네요."

성준도 마물 무리의 움직임을 파악했다. 그의 앞으로 장훈이 나섰다.

"박장훈 씨?"

"길을 제가 뚫겠습니다! 팀장님은 겨울 군주에 집중하면 됩니다!"

장훈은 자신감 넘치는 목소리로 말했다. 그 모습에 성준은 미소를 지으며 고개를 끄덕였다.

"그러면 부탁합니다."

이윽고 마물 무리가 모습을 드러냈다. 신철은 마법을 사용해 마물 무리의 위험 요소를 파악했다. 리슈발트도 같은 행동을 취했지만, 신철이 조금 더 빨랐다.

"S급 둘에 A급 다섯입니다."

"최은주 씨."

성준은 차분한 목소리로 은주를 불렀다. 그녀는 찬란하게 빛나는 백색의 오러가 깃든 대검을 들어 올린 채 성준의 옆에 붙었다.

"S급 둘은 제가 맡을게요."

9장
무너진 겨울바람

　섬광처럼 밝은 빛이 번쩍이더니 은주의 몸이 S급 마물, 용암 대전사를 향해 쏘아졌다. 가까이 다가가서 백색의 빛을 머금은 검을 힘차게 휘둘렀다.

　용암 대전사는 화염 속성의 오러가 깃든 방패를 들어 올려 방어를 시도했지만 다른 헌터들에 비해 강력한 은주의 오러를 버티지 못했다.

　"하앗!"

　은주는 용암 대전사가 당황한 틈을 놓치지 않고 빠르게 대검을 휘둘러 오른팔을 잘랐다. 피 대신 불꽃이 튀었다.

　"어서 가세요!"

　은주가 외쳤다. 성준은 대답 대신 장훈과 함께 겨울 군주를 향해 달리기 시작했다. 신철이 팀원 8명과 함께 뒤따랐다.

나머지 팀원들은 추가로 합류한 마물 무리를 상대하느라 움직이지 못했다.

"제기랄! 마물이 너무 많습니다!"

누군가 외쳤다.

겨울 군주와의 거리가 가까워지자 호위를 위해 동행하고 있던 하수인 역할의 마물들이 본격적으로 움직이기 시작했다.

최대한 전투는 피하고 성준과 장훈이 길을 뚫으면서 이동 중이었지만 포위망은 좁혀졌다.

"여기까진가……."

성준은 발걸음을 멈추고 주위를 살폈다. S급 마물 4마리가 앞을 막고 있었기 때문에 더 이상 나아갈 수 없었다.

"퇴로도 막혔습니다."

신철이 보고했다.

그의 말대로 뒤에서도 살기와 함께 마물들의 기척이 느껴졌다.

-S급 마물이 하나에 A급 마물이 열입니다.

퇴로를 차단한 마물 무리의 전력도 만만치 않았다. 성준은 짧은 시간 생각을 정리한 끝에 결단을 내렸다.

그는 차분한 표정으로 입을 열었다.

"제가 겨울 군주를 향해 파고들겠습니다. 다른 분들은 마물들의 시선이 집중되면 퇴로를 확보한 뒤, 이탈하세요."

헌터들은 고개를 끄덕였다. 그들에게 애국심은 없었고 철저하게 돈을 보고 움직였다.

하지만 단 두 명, 동조하지 않는 이들이 있었다.

"미끼는 많을수록 좋다고 들었습니다."

"박장훈. 혼자서만 멋진 포지션 잡고 있네."

장훈과 신철이었다. 놀랍게도 모두가 도망칠 궁리만 하고 있을 때 두 사람은 결사의 각오를 다졌다.

"따라올 생각이면 말리진 않겠습니다."

성준이 말했다. 한 명이라도 더 많은 헌터가 필요한 것은 사실이었다.

두 사람은 말없이 성준의 옆에 섰다.

"갑니다."

성준의 지시에 맞춰 그들은 전방을 향해 날렵하게 움직였다. S급 마물 둘이 앞을 막아섰지만, 성준은 날카로운 기습으로 하나를 처리했다.

장훈도 신철의 공격 마법 지원을 받아서 S급 마물의 공격을 부드럽게 흘리며 전진했다.

마물들이 성준과 장훈, 그리고 신철을 추격하려고 했지만 그들의 고속 이동술은 빠른 편이었기 때문에 좀처럼 거리를 좁히지 못했다.

"죄송합니다. 체력에 한계가……."

하지만 신철이 제일 먼저 지치고 말았다. 그는 추격해 오는 마물들을 향해 몸을 돌리며 입을 열었다.

"여긴 제가 맡겠습니다. 팀장님은 전진하시죠."

"유신철…… 너……!"

장훈은 분개했지만, 신철은 아무 말 없이 고개를 저을 뿐이었다. 뒤에서 빠르게 거리를 좁혀 오는 마물들의 모습에 장훈은 성준과 함께 겨울 군주를 향해 몸을 돌릴 수밖에 없었다.

"겨울 군주가 서울로 진입하기 전까지는 다른 S급 헌터들이 절대 나서지 않을 겁니다. 팀장님, 잘 부탁합니다!"

그는 스태프를 들어 올리며 마력을 끌어모았다. 수십의 마물들이 시야를 가렸지만, 특유의 무표정은 변함없었다.

"파이어월!"

마법 시동어를 내뱉는 그를 뒤로 한 채 성준은 장훈과 함께 다시 달렸다. 어느 정도 깊게 파고든 것인지 다른 마물 무리의 기척은 거의 느껴지지 않았다.

"이상하군요. 하수인이 이렇게 적을 리가 없잖습니까?"

생각보다 적은 하수인 마물들의 수에 장훈이 의문을 표했다. 성준은 정신을 집중하여 겨울 군주 주변을 지키고 있는 마물들의 움직임을 쫓았다.

최소한의 마물 무리를 제외하고 대부분 서쪽으로 이동하고 있었다. 하수인 역할을 맡은 마물들이 움직였다는 것은 외부로부터의 공격을 의미했다.

"아무래도 알파 1팀이 근처에 있는 것 같습니다."

성준이 말했다. 나준열이 이끄는 알파 1팀이 겨울 군주에 대한 공격을 시작했다면 모든 게 설명된다.

"지금이 기회입니다. 겨울 군주를 공격합시다."

성준의 말에 장훈도 고개를 끄덕였다. 기척 감지를 펼쳤지만 겨울 군주 주변을 지키고 있는 마물의 수는 많지 않았다.

"질풍검!"

겨울 군주에게 가까이 다가가자 남은 마물들이 허겁지겁 앞을 막았다. A급 마물이 둘 섞여 있었지만, 그들은 성준의 상대가 되지 못했다.

질풍검 한 방에 대부분이 쓰러졌다. 제한적인 위력이었지만 30마리의 마물을 일격에 휩쓸어버리는 모습을 본 성준은 제한이 완전히 풀렸을 때의 위력을 기대할 수밖에 없었다.

"하앗!"

A급 마물 둘은 검풍을 버텨냈지만, 장훈이 대검을 휘둘러 처리했다. 검풍에 부상을 입어서 쉽게 처리할 수 있었다.

"또 옵니다!"

장훈이 외쳤다. 그리고 다른 마물 무리와의 전투.

성준은 흡수를 통해 체력과 마력을 보충하고 있었지만, 장기전이 되면서 소모되는 양이 많아지고 있었다. 겨울 군주에게 환영검을 사용하기 위해 마력을 최대한 아꼈다.

장훈은 A급 중에서도 상위 티어의 헌터 답게 대검으로 쾌검을 구사하는 괴물 같은 모습을 보였다.

"후우! 이제 끝인가요?"

장훈은 마지막 남은 A급 마물을 쓰러뜨리며 물었다. 그의 전투능력은 우수하지만, 기척 감지 기술은 잘 활용하지 못하는 편이었다.

"아직 하나 남아 있습니다."

"한 마리라면 S급 마물이겠네요?"

"그렇겠죠?"

장훈은 잠깐 고민하는 듯하더니 결단을 내렸다.

"제가 S급 마물을 상대하겠습니다. 팀장님은 겨울 군주를 처치해 주세요."

"가능하겠습니까?"

"오크 검성 정도라면 어떻게든 이길 수 있습니다. 아니라면 팀장님이 겨울 군주를 최대한 빨리 처치하기를 바랄 수밖에 없죠."

그들은 겨울 군주를 향해 다시 전진했고 곧 S급 마물과 마주쳤다.

"이런……."

장훈은 인상을 찌푸렸다. 모습을 드러낸 S급 마물은 상대하기 까다롭기로 유명한 '정령 군주'였다.

"어떻게 하시겠습니까?"

성준이 물었다. 생각보다 강한 마물이 출현했기 때문에 함께 사냥할지 그것을 묻고 있는 것이었다.

하지만 장훈은 고개를 저으며 입을 열었다.

"변하는 건 없습니다. 놈은 혼자니까, 제가 잡아두겠습니다."

"오래 걸리지 않을 겁니다."

성준이 먼저 고속 이동술을 펼쳤다. 정령 군주가 움직였지만, 장훈이 앞을 막아섰다.

"너는 내 거다."

장훈은 입꼬리를 끌어 올렸다. 정령 군주는 대답 대신 장훈을 향해 화염 폭풍을 쏟아내면서 전투의 시작을 알렸다.

"부탁합니다!"

성준은 뒤도 돌아보지 않고 겨울 군주를 향해 고속 이동술을 펼쳤다. 곧 5m의 키를 가진 거대한 몸집의 설인 앞에 도착할 수 있었다.

가까이서 보니 위압감이 느껴질 정도의 덩치였다.

"우리의 원대한 계획을 방해하는 이가 그대인가?"

놀랍게도 겨울 군주는 유창한 이계어를 구사했다. 그 모습을 본 리슈발트는 심각한 표정으로 입을 열었다.

-지성이 있습니다. 종족 연합이 분명합니다.

성준은 대답 대신 고개를 끄덕이며 검을 들어 올렸다.

-마력량이 많습니다. 살기 개방은 효과가 없을 겁니다.

리슈발트가 보고했다. 살기 개방은 마력이 월등히 낮은 상대일수록 효과가 극대화되기 때문에 눈앞의 겨울 군주에게는 효과를 기대하기 힘들었다.

"종족 연합이면 내 적이네."

성준은 마력을 끌어 올렸다. 고요한 눈동자 너머로 살기의 폭풍이 몰아쳤다. 그는 동조율을 끌어 올리지는 않았지만, 전력을 다해 겨울 군주에게 달려들었다.

"소환."

생각보다 빠른 고속 이동술에 겨울 군주는 조금 놀란 표정이었지만 침착하게 대응했다. 소환된 방패를 들어 올려 오러 실드를 시전 했다.

푸른 오러가 방패에 깃들어 춤을 췄다.

"슬래시!"

성준은 오러 참격을 쏘아냈지만 오러 참격은 오러 실드에 막혀 흩어지고 말았다. 오러 실드는 사용자의 수준에 따라 차이가 있지만 오러에 의한 몇 차례의 공격은 막아낼 수 있다.

'그래 봤자 몇 번이야.'

성준은 멈추지 않았다. 겨울 군주는 몸 전체를 가리는 거대한 사각 방패를 들어 올린 채 오러 실드를 강화했다.

"환영검!"

그는 충분히 거리를 좁혔다고 판단한 순간, 자신의 일격 필살 기술인 '환영검'을 사용했다. 오러로 만들어진 31개의 칼날이 겨울 군주를 노렸다.

"이, 이건 로우켈의 환영검? 유실된 게 아니었나⋯⋯!"

온전한 환영검에 겨울 군주는 당황했다. 환영검은 리도니아 대평원에서 목숨을 잃은 로우켈과 함께 사라진 기술이었다. 그런데 지금 눈앞의 이계인은 너무나 완벽하게 환영검을 구사했다.

'31개의 칼날을 모두 본 자는 반드시 죽는다.'

성준은 입꼬리를 끌어 올렸다.

31개의 환영검이 오러 실드를 두드렸다. 겨울 군주의 오러 실드는 강력했지만 20번째 환영검이 강타한 순간 처참하게 박살 나고 말았다. 남은 환영검들은 철제 방패를 종이처럼 찢고 들어가 겨울 군주를 베었다.

"크하악!"

겨울 군주가 피를 쏟아내며 쓰러졌다.

쿵!

거대한 몸이 쓰러지자 지진이라도 일어난 것처럼 지면이 한 차례 크게 흔들렸다.

"어떻게 이계인 주제에 로우켈의 환영검을 알고 있는 것이냐!"

겨울 군주의 우렁찬 목소리가 숲을 뒤흔들었다.

성준은 대답 대신 검을 들어 올렸다.

"나는 너를 모르지만 너는 이 검에 대해 알고 있을 것 같은데……."

성준이 들고 있는 검, 로엘을 자세히 살핀 겨울 군주의 동공이 크게 흔들렸다.

그 모습을 본 성준은 입꼬리를 끌어 올렸다.

"내 말이 틀렸나? 겨울 군주."

"어떻게 로우켈의 검을……? 이계인! 그것을 어디서 얻은 것이냐!"

"대답하지 않겠다. 그럴 이유도 없고 필요도 없다."

성준의 눈동자가 차갑게 빛났다.

"어쩌면 지옥에 먼저 간 네 친구들은 알고 있을지도 모르지. 가서 물어봐라."

성준의 몸이 사라졌다. 겨울 군주는 뒤에서 살기를 느끼고 급히 몸을 일으켰다. 5m를 넘는 거대한 몸집에 비하면 엄청나게 빠른 속도였고 그로 인해 강풍이 일어났다.

"쉽게 되지는 않을 거다!"

조금 전에는 유실된 기술이 등장하는 바람에 당황해서 일격을 허용하고 말았다. 이제 겨울 군주는 전력을 다하려고 했지만 환영검에 의한 부상이 심해서 쉽지 않았다.

"큭!"

성준의 검이 겨울 군주의 왼쪽 다리를 깊게 베었다. 검신은 끝까지 들어갔지만, 몸집이 워낙 커서 치명상은 아니었다.

"우워어어어어!"

겨울 군주가 괴성을 지르자 날카로운 얼음 조각이 섞여 있는 바람이 불었다. 성준은 회피를 위해 급히 뒤로 물러나며 생각을 정리했다.

'검풍으로는 가죽이 두꺼워서 힘들겠군. 치명상을 입히려면 환영검이나 오러 참격이다.'

하지만 쉽지 않았다.

환영검을 사용하기엔 마력이 바닥을 보이고 있었고 오러 참격은 사전 동작이 크고 겨울 군주의 움직임이 생각보다 날렵해서 쉽게 반격당할 우려가 있었다.

"리슈발트."

성준은 작은 목소리로 충직한 영혼 부관을 호출했다.

-저는 언제나 주군의 곁에 있습니다.

"동조율 45%까지 끌어 올린다."

-몸이 버티지 못할 겁니다.

리슈발트가 조언했다.

성준은 냉소를 머금은 채 입을 열었다.

"원수를 만났는데 압도하지 못하면 내 체면이 말이 아니라서."

성준의 대답에 리슈발트도 미소 지었다.

-동의합니다.

성준은 마력을 끌어올려 동조율을 상승시켰다.

-동조율 45%!

리슈발트가 보고했다. 동조율이 상승하면서 체력과 마력이 일부 회복되었다.

-제한적인 폭풍검의 사용이 가능해졌습니다. 그리고 질풍검의 제한이 일부 해제되면서 찌르기와 함께 동반되는 검풍의 수가 50개로 늘어났습니다.

"지금 상태에서 폭풍검을 사용하면 검풍의 수는?"

성준이 물었다.

질풍검은 찌르기와 함께 전방에 검풍을 일으키는 것이었지만 폭풍검은 사방에 검풍을 쏟아내는 기술이었다. 검풍보다 강한 환영검을 쏟아내는 환영검무라는 기술보다 한 단계 낮은 기술이라고 볼 수 있었다.

-200여 개 정도입니다.

"그렇다면 질풍검으로 한점에 집중하는 게 좋겠네."

-저도 그렇게 생각합니다.

폭풍검이 일으키는 검풍의 수가 더 많았지만 전 방향에 쏟아내는 거라서 한점을 타격할 거면 질풍검이 더 효율적이었다.

'폭풍검을 사용해 보고 싶지만, 낭비를 할 수는 없지.'

폭풍검을 실험해볼 기회는 많았다. 동조율 45%가 까마득히 멀게만 느껴지기도 했지만 던전을 열심히 다니다 보면 금방 오를 것이라고 생각했다.

"이계인! 무슨 수작이냐!"

겨울 군주가 포효하자 얼음 칼날을 머금은 겨울바람이 불었다. 성준은 그것을 보며 입꼬리를 끌어 올렸다.

"질풍검."

찌르기와 함께 일어난 검풍이 겨울바람을 몰아냈다. 성준은 거기서 멈추지 않고 고속 이동술과 함께 도약하여 겨울 군주의 코앞까지 접근했다.

동조율 45%에 이른 성준의 움직임은 겨울 군주가 도저히 쫓을 수 없었다.

"어, 어떻게……!"

갑자기 빨라진 성준의 움직임에 겨울 군주는 경악했다. 방패는 이미 환영검에 당해 너덜너덜해진 뒤였기 때문에 그는 전신에 마력을 끌어 올렸다.

'오러 아머?'

오러 아머는 오러 실드보다 방어력은 떨어지지만, 전신을 보호할 수 있다는 장점이 있었다. 그리고 일단은 오러이기 때문에 검풍으로는 쉽게 손상을 입힐 수가 없었다.

하지만 이런 경우에도 해결책은 있었다.

'환영검을 먼저 사용하고 질풍검을……!'

마력 소모가 엄청나겠지만, 다행히 동조율을 끌어 올리면서 체력과 마력의 일부가 회복된 덕분에 여유가 있었다.

"환영······."

"또 당하지 않는다!"

겨울 군주가 외쳤다. 성준의 이동 경로에 수백 개의 얼음 창이 생성되었다.

'고위 마법인가?'

오러는 아니었지만 날카로운 마력을 머금고 있었다.

"이제 끝이다!"

겨울 군주는 이번 공격으로 성준이 치명상을 입을 것이라고 확신했다. 근거리에서 쏟아지는 수백 개의 아이스 스피어를 피하는 것은 불가능에 가깝다고 생각했다.

하지만 성준의 입가에는 여유로운 미소가 떠나지 않았다.

"실드."

그는 시동어를 내뱉는 것으로 '용의 가호'를 활성화 시켰다. 성준을 보호하는 강력한 역장이 생겨났다.

S급 아이템이 펼치는 실드는 강력했다. 수백 개의 아이스 스피어는 역장을 뚫지 못했다. 역장 앞에서 힘을 잃고 추락하는 수백의 아이스 스피어를 보며 겨울 군주는 절망에 빠졌다.

아이스 스피어가 모두 추락하자 성준은 다시 마력을 끌어올리며 입을 열었다.

"환영검."

"아, 안 돼!"

31개의 환영검이 겨울 군주를 덮쳤다. 환영검은 오러를 머금고 있기 때문에 오러 아머를 찢었다.

환영검을 전부 소진하자 안면 부위의 오러 아머를 파괴할 수 있었다. 직접적인 피해를 입지 않아서 겨울 군주는 안도했지만, 성준의 공격은 끝나지 않았다.

"질풍검."

날카로운 찌르기와 함께 수십의 검풍이 일어나 오러 아머가 파괴된 안면 부위를 노렸다.

"크아아악!"

수십의 검풍이 겨울 군주의 얼굴을 잔혹하게 난자했다. 겨울 군주는 고통에 찬 비명을 내질렀다. 붉은 피가 냉기를 머금은 허공에 흩뿌려졌다.

바닥에는 피 웅덩이가 고였다.

'이, 이길 수 없다……!'

겨울 군주는 생각했다. 붉게 물든 시야로 자신을 향해 검을 내찔러 오는 성준의 모습이 보였다. 그는 죽음을 직감했다.

로엘이 겨울 군주의 미간에 정확하게 꽂혔다.

쿵!

숨이 끊어진 겨울 군주는 힘없이 쓰러지자 지진이라도 난 것처럼 지상이 한 차례 요동쳤다. 성준은 부드럽게 착지하여 왼손을 들어 올렸다.

"흡수."

체력과 마력이 흡수되었다.

-본래 동조율이 42%가 되었습니다.

리슈발트가 보고했다.

긴장이 풀리고 전투가 끝났음을 인지하면서 동조율 초월 상태가 해제되자 고통이 찾아왔다.

"큭!"

성준은 비틀거리면서 고통에 찬 신음을 흘렸다. 그를 발견한 마물 무리가 접근해 오는 게 보였다.

하지만 그는 걱정하지 않았다. 차원 관문 역할을 하고 있었던 겨울 군주가 죽었으니 이제 다른 마물들도 마력의 공급이 끊겨서 역소환될 것이다.

우-우-웅!

아니나 다를까 성준을 향해 접근해 오던 마물 무리는 공명음과 함께 역소환되었다. 그 모습을 본 성준은 안도했지만, 고통은 멈추지 않았다.

동조율을 45%까지 무리하게 끌어 올린 탓에 찾아온 고통은 지금까지 느껴본 적 없을 정도로 잔혹하고 날카로웠다.

"히, 힐……!"

다급하게 힐을 사용했다. 고통이 조금 약해지기는 했지만 지속 시간은 줄어들지 않는다는 것을 잘 알고 있었다.

"허억, 헉!"

시야가 검게 변하기 시작했다. 당장에라도 쓰러질 것 같았지만, 그는 최선을 다해 희미해지는 정신을 붙잡았다.

마물들은 역소환되었지만 방심할 수는 없었다.

-누군가 옵니다.

리슈발트가 보고했다. 2시간 동안이나 계속된 고통이 약해질 때가 되자 다가오는 기척이 느껴졌다.

"리슈발트. 알파 1팀인 것 같지만, 혹시 모르니까, 정찰을 부탁할게."

-알겠습니다.

"부탁할게."

이윽고 10분 만에 정찰을 끝낸 리슈발트가 돌아왔다.

-나준열과 알파 1팀입니다. 5분이면 도착할 것 같습니다.

성준의 예상대로 다가오고 있는 이들은 나준열과 알파 1팀이었다. 최소한 적은 아니었기 때문에 그는 안도할 수 있었다.

얼마 지나지 않아서 수풀을 헤치고 헌터들이 모습을 드러냈다.

"팀장님! 여기 사람이 있습니다! S급 헌터 강성준 씨인 것 같은데요?"

제일 처음 모습을 드러낸 3명은 정찰조였던 것인지 뒤를 보며 큰소리로 외쳤다. 그러자 곧 다른 헌터들과 함께 준열이 나타났다.

알파 1팀도 처음에는 30명 정도의 인원이 편성되었다고 들었는데 당장 보이는 헌터들의 수는 20여 명이 전부였다.

'알파 1팀도 피해가 적지 않네.'

성준이 그렇게 생각하고 있을 때였다.

준열이 그에게 다가왔다.

"겨울 군주를 혼자 사냥한 겁니까?"

"네, 어쩌다 보니……"

"대단하군요. 그건 그렇고 부상을 입은 겁니까?"

"아니요. 마력을 너무 많이 소모해서 지친 것뿐입니다."

시간이 지나면서 고통도 크게 줄었다. 1시간 이내로 고통이 완전히 사라질 것 같았다.

"조금 전에 알파 2팀과 3팀이 헬기를 타고 본부로 돌아갔다는 연락을 받았습니다. 안심하셔도 좋습니다."

준열은 성준이 혹시 궁금해 할까 봐 알파 2팀과 3팀의 상황을 전했다. 그리고 헬기를 불러서 성준과 함께 본부로 돌아갔다.

본부 비행장에 착륙할 때가 되자 동조율 초월로 인한 고통이 말끔하게 사라졌다.

"이제 괜찮습니까?"

성준의 안색이 나아진 것을 보고 준열이 물었다.

"예, 좀 쉬었더니 괜찮아졌습니다."

성준은 대답과 함께 창밖을 향해 시선을 옮겼다. 본부 비행장이 보였다. 이윽고 치누크 헬기가 완전히 착륙하자 후방 도어가 열렸다.

비행장에서는 차현이 성준을 기다리고 있었다. 그는 치누크 헬기에서 내리는 성준을 발견하고 손을 흔들었다.

"강성준 씨!"

"임 팀장님? 무사하셨군요."

성준은 반가운 목소리로 차현을 맞이했다.

"제가 할 말입니다. 무사하셔서 다행입니다."

"그런데 무슨 일이시죠?"

"정산 문제랑 알파 2팀의 피해 상황을 보고 드리려고 왔습니다. 도중에 알파 1팀에서 연락을 받았는데 부상을 입지 않으셨다고 해서 이렇게 바로 찾아왔습니다."

차현의 말에 성준은 고개를 끄덕였다. 그도 일 처리는 빠를수록 좋다고 생각했다.

"우선 작전 중 알파 2팀의 사망자는 0명이었다는 것을 알려 드립니다."

차현이 보고했다. 아무래도 성준이 이탈한 뒤에도 피해가 없었던 모양이었다. 사망자가 0명이라는 것은 각자 마물 무리와 대적했던 장훈과 신철도 살아남았다는 말이었다.

"박장훈 씨와 유신철 씨도 무사하겠군요."

"예, 하지만 부상이 심해서 의무동에서 치료를 받고 있습니다. 확인해 보니까 같은 병실이네요. 방문하시겠습니까?"

"보고는 의무동으로 가면서 듣기로 하죠."

성준은 고개를 끄덕이며 대답했다. 언젠가 같은 길드로 행동하게 될지도 모르는 일이니 얼굴을 비추는 것도 좋을 것 같았다.

의무동에 가지 않는다면 서서 보고를 받게 될 텐데, 그건 또 시간을 낭비하는 느낌이 들어서 싫었다.

"의무동으로 안내하겠습니다."

차현은 안내와 함께 설명을 이어가기 위해 다시 입을 열었다.

"정산 문제는 지금 마정석 회수팀이 현장으로 이동 중입니다."

던전에서는 헌터들이 직접 마정석을 챙기지만, 레이드 상황에서는 전투가 우선시 되기 때문에 상황이 종료되고 회수팀이 움직인다. 물론 개인이 몰래 가져오는 건 불법이기 때문에 단속되는 문제였다.

"저한테는 얼마 정도 정산될 것 같습니까?"

"확실한 건 아직 모릅니다. 하지만 광역 마력 레이더에 잡힌 마정석의 수로 볼 때 아마도…… 추가 정산과 보수까지 합치면 강성준 씨한테 3,000억 원 이상의 최종 정산될 것 같습니다."

만족스러운 결과였다.

"보고는 여기까지입니다. 저기가 의무동입니다. 병실까지 안내해드리겠습니다."

"수고가 많으셨습니다."

차현은 성준을 병실까지 안내했다. 이윽고 그는 병실 안으로 들어갔다.

아무것도 보이지 않는 밀실 벽면에 설치된 커다란 모니터가 켜졌다. 그러자 모니터를 보고 있던 남자의 모습이 드러났다.

모니터에는 중년의 남자가 편해 보이는 가죽 의자에 앉아 있었다.

"델타 본부장 루이스입니다. 저를 찾으셨다고 들었습니다. 국장님."

"중앙헌터국장 페릭스다."

중앙헌터국은 미국에서 헌터와 관련된 모든 일을 총괄하는 기관이었다. 그들은 미국에서 가장 강한 권력을 가진 기관 중 하나이기도 했다.

"밀실 통신은 오랜만이군요. 특별히 지시할 만한 사항이라도 있으십니까?"

"최우선 지령이다."

"최우선 지령을 전달 받는 건 이번에 2번 째군요. 델타 본부를 대표하는 본부장으로서 영광으로 생각합니다."

중앙헌터국은 위원회가 강한 권력을 쥐고 있었다. 그래서 기본적으로 위원회의 뜻대로 움직이지만, 국장이 최우선 지령을 내리면 위원회의 모든 명령이 무시된다.

최우선 지령을 발령하는 데 유일한 제한이 있다면 대통령의 승인을 받아야 한다는 것이었다.

"지령의 내용은 뭡니까?"

"자세한 내용은 곧 전달하겠다. 브리핑을 위한 요원이 곧 도착할 거다."

"간단하게나마 알려주시면 요원 편성에 도움이 됩니다."

"한국어를 잘하는 요원이 필요할 거야. 대한민국으로 가야 하니까."

10장
미국의 제안(1)

　"내 이름은 한스다. 지금부터 브리핑을 시작하겠다."

　정장을 입은 남자가 모니터 앞으로 나왔다. 그가 리모컨을
조작하자 성준의 사진이 모니터를 가득 채웠다.

　"우리의 목표다. 이름은 강성준으로 대한민국 국적의 S급 헌터다."

　머리를 뒤로 묶은 금발의 여성 요원이 조심스럽게 손을 들
어 올렸다.

　한스의 시선이 그녀에게로 향했다.

　"질문인가? 좋다."

　"제거 대상입니까?"

　중앙헌터국에서도 해외 공작을 담당하는 델타 본부의 임무
중에는 암살도 포함되어 있었다.

"이번에는 암살이 계획에 없다. 다른 질문 있나? 없으면 계속 진행하겠다."

손을 드는 사람은 없었다. 한스는 브리핑을 이어가기 위해 리모컨 버튼을 눌렀다. 성준의 사진이 사라지고 겨울 군주의 모습이 모니터를 가득 채웠다.

"겨울 군주다. S급 대형 마물이지. 대한민국 정부에서 발표한 자료에 따르면 차원 관문을 체내에 이식한 마물이라고 한다. 이것은 세계 최초의 발견이다."

"우리 측의 조사 결과는 어떻습니까? 솔직히 차원 관문을 품은 마물이라는 건 상상하기 힘드네요."

누군가 손을 들고 질문했다.

"대한민국 정부의 발표가 틀리지 않았다고 최종적으로 결론이 났다."

한스가 대답했다.

놀라운 사실이었지만 브리핑을 듣고 있는 이들은 훈련받은 요원들이었기 때문에 웅성거림은 없었다.

대신 누군가 질문을 하기 위해 손을 들었다.

"질문하도록."

"겨울 군주를 처치한 헌터들은 누구입니까?"

그는 헌터 '들'이라고 말했다. 성준이 단독으로 처치했을 것이라는 사실을 전혀 예상하지 못한 것이다.

"조금 전에 계획의 목표라고 소개한 강성준이 단독으로 처치했다."

"믿을 수 없습니다. 확실한 정보입니까?"

"겨울 군주는 대형과 보스 보정을 받은 S급 마물이 아니었습니까? 동급의 헌터가 단독으로 치치 하는 건 불가능에 가깝다고 생각됩니다."

브리핑룸에 모인 요원들은 믿을 수 없다는 표정으로 질문 공세를 펼쳤다. 하지만 격렬한 반응도 한스가 말없이 손을 들어 올리자 조용해졌다.

"차근차근 설명해 주겠다."

한스가 리모컨 버튼을 누르자 화면이 바뀌었다. 그는 모니터를 한 차례 훑은 뒤, 입을 열었다.

"다른 이유로 한국에 파견되었던 감마 본부에서 정보 조사를 끝낸 결과 우리 측에 넘어온 정보는 모두 사실로 밝혀졌다."

한스의 말에 요원들은 저마다 놀란 표정으로 입을 열었다.

"맙소사."

"보스 보정에다가 대형 보정까지 받은 S급 마물을 동급의 헌터가 단독으로 처치했다고?"

"믿기 힘드네요. 보스에게 접근할 때까지 마력의 소모도 있었을 텐데 말이죠."

근처에 앉아 있는 다른 요원들과 작은 목소리로 의견을 교환했지만 믿을 수 없다는 결론만 나오고 있었다.

"좋은 반응이다. 그렇다면 더 믿기 힘든 것을 보여주겠다."

한스가 리모컨 버튼을 누르자 화면이 바뀌었다. 지금까지 성준의 행보가 자세하게 기록되어 있었다.

모니터는 넓은 브리핑룸의 한쪽 벽면을 가득 채울 정도로 컸기 때문에 한스의 말을 경청하고 있던 모두가 자세히 볼 수 있었다.

"최단 기간 S급 승격?"

"회복계이지만 전투 능력은 동급의 전투계를 압도……."

"'정당방위'라…… 무서운 신예가 등장했군요."

정리된 성준의 행보는 파격적이었고 흥미로웠다.

한스는 요원들의 반응을 살피며 입을 열었다.

"이제 강성준을 우리가 어떻게 해야 하는지 감이 오나?"

한스의 말에 누군가 입을 열었다.

"S급 헌터 강성준을 본국으로 망명하도록 유도하는 게 계획의 완성이겠군요."

"바로 맞췄다. 강성준은 단기간에 SSS급 헌터가 될 인재일 가능성이 크다. 러시아나 중국에서 움직이기 전에 본국으로 망명을 유도해야 한다."

SSS급 헌터는 전 세계에 한 명 있으며 미국 국적을 가지고 있다. 만약 러시아나 중국에서 SSS급 헌터로 발전 가능성이 큰 성준을 확보한다면 힘이 균형이 무너질 수도 있다.

"그렇다면 제가 갑니까?"

차분한 표정으로 손을 들어 올린 그는 대한민국에서 미국으로 망명한 S급 헌터, 박경석이었다. 그는 망명 후 중앙헌터국의 델타 본부에 소속되었다.

"아마 대한민국에서는 자네에 대한 부정적인 교육을 시켰을 것이다. 처음부터 반감을 사는 건 좋지 않으니 이번에는 한국어도 구사할 수 있고 A급 헌터로 전투 능력도 부족하지 않은 제니퍼 요원이 간다."

"지원은 있는 거겠죠?"

이번에 손을 들고 질문한 요원은 제니퍼였다.

"물론이다. 다수의 요원들이 자네를 지원할 거다."

"안심이네요. 출국은 언제죠?"

"내일이다."

한스는 대답을 끝낸 뒤, 브리핑을 이어갔다. 중요한 내용의 전달이 끝났다고 생각한 그는 마지막으로 당부하기 위해 입을 열었다.

"강성준은 SSS급 헌터가 될 인재다. 우리가 그를 확보한다면 중국과 러시아를 '압도'할 수 있다. 과격하지 않은 선에서 모든 방법을 동원하도록 해라. 이상이다."

미국이 움직이기 시작했다.

"생각보다 멀쩡하네요. 다행입니다."

"팀장님이셨군요."

신철이 반가움 가득한 목소리로 성준을 반겼다.

장훈과 신철은 치명상을 입었지만 회복계 헌터가 일찍 발견하고 조치한 덕분에 의무동에서 일찍 정신을 차릴 수 있었다.

"치료는 끝난 겁니까?"

"예. 그래도 이틀 정도는 휴식을 취해야 한다네요."

성준의 물음에 신철이 대답했다. 힐은 외상을 빠르게 회복시키지만 안정을 위해서는 며칠의 휴식이 필요했다.

"겨울 군주를 혼자서 처치하셨다는 소식은 들었습니다."

신철이 말했다. 성준은 희미한 미소를 머금은 채 입을 열었다.

"어쩌다 보니 그렇게 되었습니다."

"대형 보스라서 보정이 많이 들어갔을 텐데…… 팀장님은 정말 대단하십니다. 저는 S급 마물 하나 상대하다가 이렇게 되었는데 말이죠."

장훈이 말했다. 말투는 투박했지만, 목소리에는 순수한 존경이 깃들어 있었다.

"S급 마물을 상대로 죽지 않았다는 것만으로도 대단한 겁니다."

성준은 솔직하게 말했다.

S급과 A급의 차이는 컸다. 특히 장훈은 S급 마물을 상대로

혼자 대적한 것이었기 때문에 더욱 대단하다고 볼 수 있었다.

"하하! 비행기 태워줘도 아무것도 안 나옵니다!"

장훈은 기분이 좋은 듯 크게 웃었다. 안정이 필요한 환자들을 너무 붙잡고 있는 것도 실례였기 때문에 성준은 연락처만 교환하고 의무동을 나왔다.

레이드 상황은 끝났지만 해산하지 않았기 때문에 집이 아닌 본부 내에 위치한 숙소로 돌아가야만 했다.

숙소로 돌아온 그는 커피를 따뜻하게 데운 뒤, 소파에 앉았다.

-겨울 군주를 사냥하면서 동조율이 42%가 되었습니다.

리슈발트가 다가와 보고했다.

"동조율이 40%를 넘었으니까 각성 던전에 입장할 조건은 갖춰졌지?"

-그렇습니다. 공략이 끝난 C급 이상의 던전에서 문을 열 수 있습니다.

"일단은 해산도 안 했으니까, 며칠은 쉬자."

성준이 말했다. 동조율을 극한까지 끌어 올린 탓에 정신적인 피로가 심해서 당분간은 쉬고 싶었다.

각성 던전의 난이도는 언제나 높은 편이었기 때문에 휴식을 취해서 최상의 컨디션일 때 가야 했다.

-좋은 생각입니다.

리슈발트도 동의하는 것인지 고개를 끄덕였다. 성준은 소파에 편하게 앉아서 따뜻한 커피를 마시며 시간을 보내고 있었다.

10분 정도 시간이 지나고 커피잔이 바닥을 보일 정도가 되었을 때였다. 탁자 위에 올려둔 스마트폰의 벨 소리가 울렸다.

화면을 확인해 보니 전화를 건 사람은 임차현 팀장이었다. 성준은 스마트폰을 귓가로 가져가 전화를 받았다.

"강성준입니다."

-안녕하세요. 강성준 씨, 저 임차현 팀장입니다. 지금 숙소에 계십니까?

스마트폰에서 차현의 목소리가 들려왔다.

"네. 쉬고 있었습니다."

-정산금이 확정되었는데 지금 방문해도 괜찮겠습니까?

"물론이죠. 그렇지 않아도 궁금했습니다."

돈 들어올 일이 있으면 궁금한 법이다. 성준의 대답에 스마트폰 너머에서 작은 웃음소리가 흘러나오는 듯했다.

-10분 안에 가겠습니다.

차현의 말대로 전화가 끝나고 10분이 지나지 않아서 노크 소리가 들렸다.

"열려 있습니다."

성준이 말했다. 문이 열리고 차현이 숙소 안으로 걸어 들어왔다. 그는 손에 작은 태블릿을 들고 있었다.

"생각보다 마정석 회수 작업이 빨리 끝났습니다. 정산 과정은 기계가 해서 더 빨리 끝났습니다."

차현은 자연스럽게 성준의 앞에 앉으며 태블릿을 탁자 위에 올려놓았다. 그리고 몇 번 터치를 하자 화면이 바뀌었다.

"화면을 보면 아시겠지만, 이번 레이드 상황에서 발생한 정산금은 추가 정산과 보수를 합쳐서 3,125억 원입니다."

예상은 했지만 엄청난 금액이었다. 이게 곧 계좌로 입금될 것이라고 생각하니 행복한 마음에 입가에 미소가 번지는 것을 막을 수 없었다.

"지금 입금하겠습니다. 귀찮은 절차는 모두 생략하겠습니다."

현성에게 이야기를 들은 것인지 차현은 성준이 말하지 않아도 귀찮은 절차를 모두 생략하는 센스를 보여주었다.

차현이 태블릿을 몇 번 만지자 성준의 스마트폰으로 입금이 완료되었다는 메시지가 도착했다.

성준은 스마트폰의 은행 어플을 확인했다.

"입금 확인했습니다."

워낙 엄청난 금액이라서 실감이 나지는 않았지만, 눈앞에 찍혀 있는 계좌의 잔고가 꿈이 아니라고 말해주고 있었다.

"복권에 당첨된 기분이네요."

"하지만 복권과 달리 정당한 노동의 대가죠. 그리고 강성준 씨 덕분에 겨울 군주가 도심지까지 남하하지 못하고 쓰러졌습니다. 인명 피해는 물론이고 재산 피해도 최소화되었습니다.

뿌듯해서도 좋습니다."

차현의 말에 성준은 미소를 지었다.

"뭔가 보람 있는 일을 한 것 같아서 기분이 좋네요."

"당연합니다. 40만이 넘는 파주시의 사람들이 모두 강성준 씨에게 고마워하고 있습니다."

성준이 겨울 군주를 빠르게 처치한 덕분에 도심지에 피해가 없었다. 이건 분명한 사실이었고 이미 주요 뉴스 채널에서 성준의 활약이 보도되기 시작하고 있었다.

"언론도 난리가 났습니다. S급 대형 마물을 혼자서 처치하신 거니까요."

"그렇습니까?"

성준은 부드러운 미소를 머금었다.

"못 믿는 표정이시군요. 체감하고 싶으시면 헌터닷컴에 들어가 보세요. 거기도 난리가 났을 겁니다."

성준은 대답 대신 스마트폰으로 헌터닷컴에 접속했다.

[겨울 군주를 S급 헌터 단독으로 잡았다고?]

[이거 실화냐?]

[S급 대형 마물에다가 보스면 보정을 엄청 받았을 텐데 동급 헌터 혼자서 잡는 게 가능함? 진짜 대단하네.]

[정당방위 강성준이 잡았다고 하네요. 정말 대단함.]

차현의 말대로 헌터닷컴도 난리가 난 상태였다. 믿을 수 없다고 말하는 헌터들이 대부분이었지만 다른 헌터들이 증거를 제시하자 믿을 수 없다고 반복해서 말하던 그들은 이제 대단하다는 단어를 내뱉었다.

성준을 찬양하는 이들도 생겼을 정도였다.

"파주에서 팬클럽이 생기려는 움직임이 있다고 하는군요. 솔직히 강성준 씨, 잘생긴 편이잖아요?"

차현이 장난 섞인 목소리로 말했다. 성준의 입가에 미소가 번졌다. 잘생겼다는 말을 듣고 기분 나빠할 사람은 없다.

"그리고 좋은 소식은 여기서 끝이 아닙니다. 강성준 씨의 레이팅이 상승하면서 순위 변동이 있었습니다."

"순위 변동이요?"

성준의 물음에 차현은 고개를 끄덕이며 입을 열었다.

"네. 이번에 비교적 활약이 없으셨던 13위 유강철 씨의 레이팅을 강성준 씨가 추월하면서 13위 자리는 강성준 씨가 차지하게 되었습니다. 축하드립니다."

To Be Continued

Wish Books

나는 될 놈이다

글쓰는기계 게임 판타지 장편소설
WISHBOOKS GAME FANTASY STORY

판타지 온라인의 투기장.
대장장이로 PVP 랭킹을 휩쓴 남자가 있다?

"아니, 어디서 이런 미친놈이 나타나서……."

랭킹 20위, 일대일 싸움 특화형 도적, 패배!

"항복!"

'바퀴벌레'라고 불릴 정도로
끈질긴 생명력을 가진 성기사조차 패배!

"판타지 온라인 2, 다음 달에 나온다고 했지?"

평범함을 거부하는 남자, 김태현!
그가 써내려가는 신개념 게임 정복기!

우진 현대 판타지 장편소설
WISHBOOKS MODERN FANTASY STORY

다시 태어난 베토벤

1827년 한 남자의 죽음으로 고전 시대가 저물었다.

**그러나
그가 지핀 낭만의 불씨가 타오르니
비로소 새로운 시대가 열렸다.**

긴 시간이 흘러 찬란했던 불꽃도 저물어 갈 즈음.
스스로 지핀 불씨를 지키기 위해
불멸의 천재가 다시 태어났다.

〈다시 태어난 베토벤〉

**마치 운명이 문을 두드리듯
힘차게 손을 뻗어 외친다.
"아우아!"**

마왕성 플레이어

트레샤 퓨전 판타지 장편소설
WISHBOOKS FUSION FANTASY STORY

신들의 전장, 하멜.

집으로 돌아가기 위한 마지막 싸움.

믿었던 동료가 배신했다!

[영혼 이식의 대상을 선택해 주십시오.]

뒤바뀐 운명, 최약의 마왕. 그리고…….

"이번에는 좀 다를 거다!"

어둠 속에 날카로운 칼날을 감춘,
마왕성 플레이어의 차가운 복수가 시작된다.